ハヤカワ文庫 SF

〈SF2083〉

宇宙英雄ローダン・シリーズ〈526〉

黒い炎の幻影

エルンスト・ヴルチェク＆ペーター・グリーゼ

林 啓子訳

早川書房

7821

PERRY RHODAN
DIE SCHWARZE FLAMME
FINALE AUF CHIRCOOL

by
Ernst Vlcek
Peter Griese

Translated by
Keiko Hayashi
First published 2016 in Japan by
HAYAKAWA PUBLISHING, INC.
This book is published in Japan by
arrangement with
PABEL-MOEWIG VERLAG GMBH
through JAPAN UNI AGENCY, INC., TOKYO.

目次

黒い炎の幻影

黒い炎の幻影

エルンスト・ヴルチェク

登場人物

アトラン……………………………アルコン人
タンワルツェン…………………《ソル》船長。ハイ・シデリト
ハロック……………………………同乗員。コルヴェットのパイロット
スキリオン…………………………同乗員。もと賢人の従者
メルボーン…………………………同乗員。スキリオンの息子
カエラ………………………………同乗員。通信士
ファールウェッダー
アルクス
ヌルヴォン
ダロブスト
（以上）……………クラン人宙航士
ゲシール……………………………謎の女

1　黒い炎

それは光でもなく、火でもなく、どのエレメントにも分類できない。それでも、すべてを焦《こ》がすような情熱のなかで燃えあがる。それは生命体なのだ。

それは感情の申し子。渇望の天使。失われた知恵の母。謎の娘。未知者のふところから生まれし者。おまえの脳内に宿った、この謎めいた黒い炎。

2　アトラン

「われわれ、ヴァルンハーゲル・ギンスト宙域に接近しています」《ソル》の新船長タンワルツェンが報告した。

ハイ・シデリトにとっては、これはただのルーチン飛行にすぎない。これまでに何度、ここからクランドホル星系までのあいだを往復したことか。

だが、わたしにとってはいささか勝手が違う。すべてがはじまった場所に、二百年の時をへてもどってきたのだ。奇妙な感情が湧いてくる。わたしは意識を完全に自身に集中させた。当時、コスモクラートの命《めい》によりクラン人にスプーディを贈るため、はじめて積み荷として《ソル》内にうけいれたのだ。

これは不吉な贈り物だったか？　とんでもない！　人がどうみなそうと、わたしが二百年にわたりクランドホルの賢人として従事してきたあいだに、クラン文明は信じがたい発展を遂げたのだから。実際、クラン人の星間帝国は爆発的に拡大し、力の集合体のはざまの無人地帯における要塞となった。コスモクラートが望んだとおりだ。

そのうち、クラン人はわたしという賢人なしでもやっていけるようになった……まもなくスプーディすら不要となる。この誇り高き種族の将来について懸念はない。さらに急速な発展を遂げるだろう。賢人としてのわが任務をひきついで数百万のスプーディ群につながれたサーフォ・マラガンと、その精神を支える役目をになう公爵グーが、きっと面倒を見るにちがいない。かつてはあれほど野心家だった公爵カルヌウムもまた、公益をもたらすべく貢献するだろう。あの公爵は心をいれかえたのだ。それでも、やはり考えてしまう。星間帝国が両超越知性体のはざまに緩衝地帯をもたらしたとはいえ、クラン人が両者の諍《いさか》いに巻きこまれたら、どうなるのだろう。

〈忘れよ。おまえにとり、新時代がはじまったのだ〉付帯脳が告げる。そのとおり、これは別れである。それでも、これが永遠の別れとなるかどうかについては、あえてはっきりはいわないでおこう。

われわれはとうにクランドホル星系をはなれ、ヴェイクオスト銀河の外に飛びだしていた。

あらゆる船載クロノメーターはテラ暦に切りかえられ、四〇一二年二月十日をしめしている。ただセネカのみが、いまだにクラン暦を記録していた。乗員のあいだでも、クラン暦では公爵ルゴの三四四年にあたると、いまだ根強く意識されている。

そのほかにも、《ソル》内ではいくつかの変化が見られた。われわれが過去と決別した明確なシグナルである。スプーディ輸送に関わっていた公爵配下のクラン人宙航士は姿を消した。クラン人のニーズにあわせた居住セクターだけは、万が一にそなえて当初の状態のままのこされているが。

絶滅の危機に瀕するバーロ人三百十八名は、これまで《ソル》中央本体の隔絶したセクターに閉じこめられていたが、ふたたび自由に船内のいたるところを動きまわれるようになった。それでも、生存に不可欠な宇宙遊泳の機会をほとんど利用しない。不可避の終焉に向かって、みずから進んで死のプロセスを速めようとしている気がする。ひょっとしたら、もうスプーディの採取に必要とされないため、自身を役たたずだと感じているせいもあるだろう。

いつか、バーロ人の特殊能力がふたたび必要とされるときが訪れるかもしれない。それでも〝いつか〟では、失った天職のかわりとして充分なはずがない。

「本気で計画を実行するつもりですか、アトラン？」聞き慣れた声がした。驚いてわれに返る。スキリオンの声だ。賢人の従者で、腹心のひとりである。惑星クランの水宮殿《みずきゆうでん》で賢人の従者としてそばにいた一万人のソラナー同様に、スキリオンもまた白い衣装を脱ぎ、ふたたびライトグリーンのコンビネーションを着用していた。

「実際、銀河系人類にスプーディを手土産としてとどけるためだけに、ヴァルンハーゲル・ギンスト宙域に向かうというのですか。考えてもみてください、アトラン」

「突然、どのような不安に駆られたというのか、スキリオン？」と、たずねてみる。

「スプーディ採取に反対する確固たる理由があるのか？」

「ただ、いやな予感がするだけです」と、スキリオン。「わたしには……ほかの多くの若者にも……完全に仕切りなおしたほうがすっきりするでしょう。キルクール出身の若者がいっていました。スプーディは不自然な共生体であると。あの言葉が頭からはなれません。スプーディによる知性の向上を、幸福の押し売りと表現したいくらいです」

「不合理とはなにかわかるか、スキリオン？」と、たずねてみる。「きみのようにクラン人へのスプーディ提供を数十年にわたり援助してきた者が、突然、同胞に対する同じ援助を拒むことだ。自身の罪悪感を過剰に埋めあわせようとしていないか？」

「あなたは、賢人としての行動を、このような方法で正当化しなければならないのですか？」と、スキリオンがやりかえす。

「いや、わたしはスプーディが人類に飛躍的発展をもたらすと信じている」ありのままを答えたまでだ。「いまとなっては、すべてを認めるわけにはいかなくなったし、コスモクラートの命により実行したことを、すくなくとも批判的に見るようになった。だからといって、誤解しないでもらいたい。スプーディに関しては、なんの揺るぎもないのだ。文明の発展が上位勢力の影響によるものだったと知って誇りを傷つけられたクラン人の気分に、いささか同調しているだけ。価値観にとらわれずに考えれば、わたしもまた、賢人として操作されていたわけだから。だが、それももう終わった。任務をはたしたのだ。これからわたしがすることは、みずからの衝動によるもの。それには、ペリー・ローダンにスプーディをとどけることがふくまれる」

友の名前を口にして、いささかメランコリックになる。銀河系への帰還について考えてはならない。さもないと、こらえきれなくなるだろう。数世紀、数十世紀にわたり道をともに歩んできた旧友たちとの再会が待ちどおしい。とはいえ、かれらの運命に関してはまったくわからない。人類と、あの懐かしい地球は、どうなっているのだろう。

ソラナー……かつての賢人の従者と《ソル》の技術者たち……もまた、似たような思いにつきうごかされているようだ。この帰還が、かれらにとっては象徴的な意味しか持たないにもかかわらず。銀河系、テラ、この船の名前にもなった恒星ソルは、かれらにとってはただの伝説にすぎないのだから。

そもそも、それらはまだ存在するのか？　わたしが四百年以上も不在だったあいだに、なにが起きたのだろう？

そのうち半分の歳月はコスモクラートのもとですごしたが、もうなにも思いだせない。のこりの半分はクランドホルの賢人として、数百万のスプーディ群にかこまれ、ある種、夢うつつの状態でいた。精神活動は信じがたいほど活発だが、肉体的には完全に静止状態だったのだ。そのあいだに、たった二十年間の《ソル》との冒険の旅があった。だが、それはまたべつの話である。

〈目ざめよ〉付帯脳が語りかけてくる。〈現在……それに、せいぜい未来のみが……価値あるもの〉

観察されているような気がして、周囲を見わたす。司令室にはあまり活気がない。ヴァルンハーゲル・ギンスト宙域のスプーディ・フィールドに到達すれば変わるだろうが。タンワルツェンと視線があった。それをハイ・シデリトは、われわれがまもなくゴールに到達することの確認だと感じたようだ。わたしはほかのことに気をとられながらも、うなずいてみせた。スワンの姿に気づいたのだ。

わたしとスプーディ群との接続を断ったのち、エネルギー・チューブをサーフォ・マラガンにつないだ〝外科医〟三名のうちのひとりだ。

「調子はいかがですか？」と、たずねてくる。

「きみたちのだれかが、たえずわたしから目をはなさないようにしているらしいな」わたしはいらだちをおさえきれずにいった。「なにをまだ心配しているのだ。わたしの体調か、それとも精神状態か？」

「懸念などありません」スワンが応じる。「医師が自分の患者に関心を持つのと同じですよ。なんといってもわたしは、あなたをスプーディ群からひきはなした者のひとりですから。ある意味、責任を感じています。あなたの精神は、二百年ものあいだ、肉体から切りはなされていた。そのため、どのように両者がたがいにうまく折りあえるか、ふたたび完全に協力しあえるかという疑問がおのずと生じます。要するに、あなたの心身状態を知るために観察しているわけです」

「一連のテスト結果が気にいらなかったのか?」

スワンは顔をゆがめた。

「計算にいれることのできない、不確定要素があるのです。後遺症も完全には除外できません、アトラン。二百年ものあいだ、一種の昏睡状態にあったのですから」

「それはわたしにとり、なにも新しい経験ではない」と、応じてみる。「大昔の地球において、合算すればもっと長い歳月にわたり、昏睡状態にあったのだ。わたしが精神的にも肉体的にも自身を制御できると確信できれば、きみは満足するだろう」

「あなたは本当にそう確信しているのかもしれませんが、特定の身体的要求が……」そこで相手は口をつぐんだ。わたしが怒っているのに気づいたようだ。防御するように両手をこちらに向かってのばし、「いいでしょう。もうなにもいいません。ですが、あくまで、今後もあなたから目をはなさないつもりです。マートンとラーゲスも、わたしと同意見です」

ほっとした。目的エリアに到着したとの知らせがはいったのだ。これで、わが心身状態についてのさらなる議論を逃れることができる。

タンワルツェンの司令コンソールに近づくと、「ヴァルンハーゲル・ギンスト宙域に到着しました」と、ハイ・シデリトがいわずもがなの報告をする。だが突然、探知結果に目を通しながら、驚きの声をあげた。「ですが……これは……」と、いいよどみ、息をのむ。

タンワルツェンがふたたび言葉をとりもどす前に、わたしはすでにみずから概要をつかみ、なにがかれをこれほど驚かせたのかを知った。

スプーディ・フィールドが消えていたのだ。

＊

「ありえない」タンワルツェンが探知結果を確認しながら、やっとのことで口にした。

「前回、ここにスプーディ採取で訪れてから、それほど長い時間は経過していません。当時はすべてが正常でした。スプーディの雲がそうかんたんに消えうせるはずがありません」

「ここがヴァルンハーゲル・ギンスト宙域であるのはまちがいないのか？」と、わたし。

ハイ・シデリトは腹だたしそうに息を吸ったが、喉まで出かかった言葉をのみこむ。かれがここを訪れたのははじめてではない。ほかのどのソラナーよりも、この宙域を知りつくしているのだ。

「セネカが誤った座標に飛んだこともありうる」考慮をうながすように告げる。

「正しい座標です」船載ポジトロニクスが報告した。「ここはヴァルンハーゲル・ギンスト宙域です」

「で、スプーディ・フィールドはどこだ？」タンワルツェンがたずねた。

「消えました」セネカが簡潔にきっぱりと答える。

「信じられません」タンワルツェンがかぶりを振りながらいう。「不具合が生じたにちがいない。セネカが誤作動したのでしょう。あのポジトロニクスがおかしくなったのは、はじめてのことではないですから」

「たしかにそのとおりだ」わたしは同意をしめした。

二百二十年前に《ソル》に乗りこんださい、セネカはもう完全には機能していなかった。なにが原因なのかつきとめることもできず、この問題は今日《こんにち》まで解決されていないのだ。

「ここはヴァルンハーゲル・ギンスト宙域です」船載ポジトロニクスが主張する。「これは事実です。容易に確認できます」

「確認しよう」わたしはそう告げ、みずから必要な計測をはじめた。

ところが、はじめたとたん、これがむだな作業だとわかった。座標、ヴェイクオスト銀河辺縁部までの距離、映像はどれもこの銀河特有のもの。記録データとの比較により、これが証明された。

ここはヴァルンハーゲル・ギンスト宙域で……ただスプーディだけが消えている。

この話がひろまると、原因についてのあらゆるとっぴな憶測が飛んだ。スプーディ・フィールドが押し流されたのではないかという説から、クランの兄弟団がスプーディの備蓄をすべて破壊したのではないかというものまで。

だが、どの可能性も憶測の域を出ない。スプーディ・フィールドが破壊されたシュプールは皆無《かいむ》だ。その手の大規模爆発のわずかな残存放射さえない。スプーディを漂流させるような自然の力については、まったく考えられない。

もちろん、異勢力が一枚嚙んでいることはありうる……当然ながら、ただちにコスモクラートを思い浮かべた。それでも、この推測は自身の胸の内に秘めることにする。これ以上、噂の発信源を活気づかせるまでもない。よりによってコスモクラートが、どのような理由でヴァルンハーゲル・ギンスト宙域からスプーディを消したというのか。

「ここでなにが起きたのか、理解できません」タンワルツェンはそう告げると、疑うようにスクリーンを見つめた。見慣れたスプーディ・フィールドのかわりに、ただ虚無空間がうつしだされているのが、信じられないようだ。わたしに視線をうつし、たずねた。

「全宙域を調査させましょうか？　たぶん、どこかでスプーディの所在のヒントが見つかるかもしれません」

わたしはうなずいた。

「ほかにはなにもできないだろうからな。とはいえ、この謎を解決するために、手をこまねいているわけにはいかない」

「なぜ、この件をほうっておかないのですか?」と、スキリオン。「スプーディはもう重要ではありません。まもなくクラン人も必要としなくなるでしょうから」

わたしはなにも答えずにいた。スキリオンはもちろん、手土産としてスプーディを人類の故郷銀河へ持ち帰ろうというわが計画に対するあてこすりでいったのだろう。いまとなっては、この計画はもう実現不可能に思えるが。

とはいえ、なにをさしおいても、スプーディ・フィールドが消えた原因を徹底的に究明したい。

「全宙域をしらみつぶしにあたるのだ」わたしはきっぱりと告げた。スキリオンの非難をこめた視線に気づき、つけくわえる。「スプーディは、この銀河における発展にとても重要な役割をはたした。それが消えたとなると、さらなる宇宙発展に直接的影響をあたえるだろう。それゆえ、真相を究明しなければならない。わが個人的動機は二の次として」

これは本心から出た言葉だ。手ぶらでペリー・ローダンのもとにもどるという無念さをかくしきれないとはいえ、わたしにはスプーディ・フィールドの不可解な消失を解明することだけが重要である。偶然の一致を信じるわけにはいかない。特定の重要な関連性を推測してみる。具体的な考えがあるわけではないが。

ポジトロニクスの入力装置に向かい、原因となりうる可能性の数を絞るために、一連の最終予測を算出する。もちろん、多くを期待できないのは明らかだ。ほとんど手がかりがないのだから。それでも、わが疑念をセネカが肯定したことは、すくなくとも確信した。スプーディ・フィールドの消失に異勢力が関与しているのではないか、という疑念である。

ひょっとすると、コスモクラートがからんでいるのか？

〈固定観念にとらわれるな〉付帯脳がそう警告する。

「なにかを探知しました」タンワルツェンが報告した。

わたしはハイ・シデリトに近づき、

「スプーディ・フィールドではあるまいな？」と、期待に満ちてたずねた。

「いえ」相手は応じ、まばらにはいってくるデータをさししめした。「遠距離探知で、偶然に一群の未知物体をとらえました。もっとも、物体そのものではなく、物体がのこした一種のシュプールのようなものですが。それによれば、物体はかなりの速度で虚無空間を進み、われわれの現在ポイントから遠ざかっています。とはいえ、そのタイプとパターンを再構築してみたところ、スプーディ・フィールドとはすこしの類似性もなく……」と、新しく舞いこんできた計測データを確認しながら、「……小型であることから、いくつかの閉じた構造体と推測されます。さらなる探知結果を待ってから、次の行動にうつりますか？」

「いや、ただちに出発しよう」

＊

《ソル》は最大価で加速し、比較的ゆっくりと遠ざかっていく物体に、かなりの速度で接近していく。これらの人工物とおぼしき構造体が、スプーディ・フィールドの消失となんらかの関係があるかどうかは、いまだにまったく不明だ。

いずれにせよ、ヴァルンハーゲル・ギンスト宙域では根こそぎ採取されたように見える。スプーディのちいさな集まりすら、どこにも見あたらない。

「この速度だと、未知物体がスプーディ・フィールドから現在ポジションに到達するまで、数週間かかったでしょう」ツィア・ブランドストレムが考慮をうながす。小柄で、じつに魅力的な女性である。タンワルツェンにとり、なくてはならない存在だ。

「未知物体は、リニア飛行や遷移によって距離を縮めることもできたはずだ」カルス・ツェダーが異議を唱えた。ハイ・シデリトと非常に仲がいい男である。

「じゃ、スプーディはどこにあるというの？」ツィアが反論する。

これについては一連の説明が考えられる。スプーディィは採取され、貯蔵タンクにうつされたのかもしれない。巨大遠距離転送機によって、いずこかに送られた可能性もある。あるいは、われわれには未知の輸送方法が用いられたのかもしれない。とはいえ、それについてはいまのところ、さして重要ではない。より重要なのは、はたしてこの未知物体がスプーディィの消失に関与しているかどうかだ。

未知物体を短距離探知範囲内にとらえると、タンワルツェンは《ソル》の航行速度を落とした。探知結果が次々と舞いこみ、詳細がしだいに明らかになっていく。

これが技術的産物であるのは疑いの余地がない。エネルギー探知と質量探知の結果により、そうとわかる。宇宙船、あるいは可動ステーションの類《たぐ》いだろう。動きは変わらず、ゆっくりとしたままだ。

数は正確にはわからない。一アステロイドをかこんで、くっつきあっているから。現在、十二が確認できるが、全体では十五から十七にのぼるかもしれない。

データが次々と舞いこんでくる。時系列に分析するのは不可能だろう。データは充分に集まったものの、物体を正確に識別できるまでにはいたらない。その形態が、既知のどのカテゴリーにもあてはまらないせいだ。おまけに、エネルギー性妨害フィールドまで存在する……アステロイド自体にも。

「対象物は有機体のような気がするわ」と、ツィア・ブランドストレム。「まるで、ほとんど……鳥のように見える」

ツィアは、このたとえをためらいがちに口にした。ばかげた考えだといわんばかりに。それでも、視覚的には非常に的を射たものだと、わたしにはわかる。たしかに、拡大スクリーンにはっきりとうつしだされた映像は、巨大な金属の鳥を彷彿《ほうふつ》させる。

「全長五百メートルの鳥だ」わたしは同意をしめすようにツィアに向かって告げた。

「翼をひろげれば、一キロメートルに達するだろう」

タンワルツェンは賛成しかねるといったようにかぶりを振った。どうやら、飛行物体を鳥にたとえたのが気にいらないようだ。

「まるで、鳥型艦がアステロイドを曳航しているように見えます」カルス・ツェダーが横目で船長をちらっと見ながら、きっぱりと告げた。タンワルツェンはなにやらぶつぶついうと、モニターにエネルギー・ダイヤグラムをうつしだす。

この瞬間、それは起きた。

スクリーンにほんの一瞬、拘束フィールドの輝くラインか、その種のエネルギーがうつしだされて、すぐに消えたのだ……それにともない、奇妙な飛行物体も消えた。

タンワルツェンがあわただしく動きだす。探知スペクトルすべてに目をとおし、鳥に似た構造体を見つけだそうとするが、見つからない。

「どうやら、われわれの接近により活動をじゃまされたと感じ、撤退したようです」ハイ・シデリトが不満そうにいう。「たとえ、あのアステロイドにどのような興味があろうとも、身の安全のほうが重要というわけでしょう」

遠距離探知の結果からも、なにも見つからない。まるで、真空が未知の飛行物体をのみこんだかのようだ。そのプロセスは、非物質化が起きる瞬間にあらわれるどのような兆《きざ》しもなく進んだ。それでも、これが遷移、状況転送機、あるいは一種のテレポーテーションによるものなのか、はっきりとはわからない。

あとにのこされたのは、全長十三キロメートルほどのアステロイドだけだ。裂け目のたくさんはいった、ぎざぎざの不毛な塊りである。

のちになって判明したように、この塊りは以前からヴァルンハーゲル・ギンスト宙域に存在していた。その事実が、このアステロイドをさらに興味深いものにする。

わたしはこれを〝スプーディの燃えがら〟と名づけた。

あらゆる点でふさわしい名だ。実際、アステロイドは巨大な燃えがらのように見えたから。

3　ファールウェッダー

宇宙の光にかけて！

すぐにわかった。われわれは全員、いずれ捕まり、理性を失うか……あるいは命を奪われる。どちらを選ぶか、たとえ自分に決定権があったとしても、決められなかっただろう。結局、わたしが選んだのはそのどちらでもなかった。戦いである。

とはいえ、同胞はどんどん減っていき、勝ち目のない戦いとなるだろう。

それでも、誇りをもっていうことはできる。まだ屈服した者はひとりもいないのだ。われわれ生存者は持ちこたえている。

とはいえ、追いつめられているのはまちがいない……実際に目にすることはけっしてできないが、それでも遍在するこの力によって。狩人種族の誇るべき子孫であるわれわれは、情け容赦なく狩られるだろう。

見えない力は、どこまでも追いかけてくる。ひと息つこうとするだけで、命とりとなりかねない。たったいま、わが妻ドリネオが捕まった。監視者のひとりが彼女のシュプールを追跡し、探しだして殺したのだ。もっとも、監視者はたちむかうことができる実際の危険である。たとえ相手が優勢だとしても、すくなくとも抵抗が可能だ。

ところが、もうひとつの力に関しては抵抗するすべもない。

ときおり、その力がすぐ近くに存在するような気がし、姿を見たと思いこんだもの。だが、これはつねに錯覚だと判明した。同胞も、似たような思いをしたという。

われわれをとりまく環境は苛酷だ。それでも、あきらめたりはしない。

つねに存在を感じさせる、この力さえなければ。われわれはいたるところで、この力に遭遇する。信じがたい現象としてあらわれるのだ。

混沌として。

狂気として。

それはいつのまにか、われわれの心に、脳内に忍びこむ。精神を崩壊させ、自我を衰弱させる黒い炎として燃えあがるのだ。

だれもがただ望んでいるように、この黒い炎を消しさることができれば！　とはいえ、だれもそうできるとは信じていない。相手はわれわれ全員を手にいれるだろう。それについては、だれもが確信している。

だが、狂気に追いこまれるくらいなら、むしろ死を選ぶほうがいい。

4　メルボーン

はじめて《ソル》でバーロ人に遭遇したさい、わたしは仰天した。けっしてその異様な姿のせいではない。それどころか、〝ガラス人間〟をある意味で美しいと思う。高貴で、優雅な姿だ。

バーロ人とのつながりを感じる。ほとんど仲間だといっていいくらいだ。その理由は、わたしの顔の左半分がバーロ痣《あざ》におおわれているせいである。同世代でバーロ痣を持つ者は数すくないが、わたしはそのひとりなのだ。

すでに述べたとおり、わたしが驚いたのはバーロ人の外見ではない。かれらと遭遇したさいの雰囲気である。バーロ人は無気力なようすで、あちこちにうずくまっていた。高齢者の集団で、若者はほとんどいない。すでに長いこと、子供が生まれていないのだ。高齢者は死にさるのみ。

まるで、バーロ人が死のプロセスをみずから加速させようとしているかのごとき印象をうける。生きる意欲を失い、みずからの運命をうけいれたのか。その数は、わずか三百十八名。

かつての採取チームのうち、生きのこっているのは、それだけだ。

かれらは、たんなる自然の気まぐれで生まれた。人類の進化の分岐に属し、ここで終わることになる。悲惨なのは、バーロ人がこれを充分に認識し、あらがわず、生きのこるためのいかなる試みも放棄していることである。そのうえ、自分たちがもう必要とされていないという失望もあるだろう。もちろん、ヴァルンハーゲル・ギンスト宙域からスプーディ・フィールドが消えたことは、かれらも知るところだ。

わたしは、バーロ人を勇気づけようとした。だが、死にゆく者にどうやって次の日の出を魅力あるものと思わせればいいのか。日の出をもう見ることはないと確信しているのに。ただ過去の日の出の記憶を呼びさますだけでは、せいぜい憂鬱になるだけだ。

ようやく、バーロ人の若者数名を、生きるために不可欠な宇宙遊泳にいざなうことに成功。エアロック室までつきそい、かれらが宇宙空間に出るさいはスペース＝ジェットで自分も同行したいとスキリオンにたのんだ。

「もうここは、クランの水宮殿ではないのだよ」スキリオンがさとすようにいう。「その件は《ソル》の技術者にたのみなさい」

「あなたもときどき船で技術を担当していたのでは？」と、相手に思いださせた。

「とうに技術者じゃないよ」スキリオンがせつない笑みを浮かべていう。「この二十年ないのさ」

というもの、わたしはただ賢人の従者としてのみ活動してきた。《ソル》では発言力が

「それは考えすぎですよ」と、非難するように応じてみる。

スキリオンはため息をつき、

「なぜ、バーロ人にかまうのだ、メルボーン？」

「つらい最期を迎えるまで、ほうっておけというのですか！」

「大げさだな！　バーロ人は、みずからの運命についてなにが最善なのかを知っている。生きるよろこびを押しつけることはだれにもできやしない」

「多くを要求しているわけじゃありません」なかばあきらめながらいった。「きっと、アステロイド調査のため搭載艇がいくつか送りだされるはず。わたしがそのひとつに乗りこんだところで、だれに迷惑がかかりますか？」

スキリオンがため息をついた。たぶん、わたしをきわめて面倒なやつだと思っているのだろう。それでも、わが〝師匠〟だから、どれほどわたしが頑固者かを知っている。これ以上しつこくせがむことになるなら、舌を嚙みきるだろうということも。

「わかった。口をきいてやろう」と、スキリオン。「ついてきなさい。いずれにせよ、おまえは《ソル》の技術者として配属される予定だったのだから。だからといって、《ソル》がもうスプーディ船として飛行していないという事実はなにも変わらないが」

「感謝します、お父さん」と、わたしは応じた。

スキリオンを父と呼ぶことはあまりない。息子に対するなんらかの義務を思いださせるようなまねはしたくなかったから。おろかかもしれないが、それこそがわたしなのだ。クラン人のメンタリティに感化されたせいで、〝見当違い〟の誇りに苦しめられていると、かつてスキリオンに非難された。それならそれで、わたしはうまくやっていこう。

宇宙船に乗りこんだのはこれがはじめてだ。もっとも、巨大な《ソル》内の環境は、クランの水宮殿とたいして変わらない。《ソル》はSZ＝2を失ったとはいえ、いまだに巨大な船といえよう。

まもなく搭載艇に乗りこみ、じかに宇宙飛行を体験するチャンスが訪れるだろう。ふと、ふたたびバーロ人の問題が思い浮かび、興奮が薄れる。

「実際、バーロ人のためになにもできないのですか？」わたしはたずねた。

「かれら自身がみずから助かろうと思わなければな」

＊

個人それぞれの運命ほど心動かされるものはない。

わたしはクラン人の歴史を知っている。その公国は賢人の忠告にしたがい、スプーディとの共生により拡大した。プロドハイマー＝フェンケン、ターツ、アイ人、リスカーなど、ほかの星間種族を統合しながら。とはいえ、わたしにとり、クラン人の歴史における すべての里程標は、脳内のデータにすぎない。

その成果がどれほど多大なものであろうと、これらの事象との関わりが欠如しているわたしには、けっして正しい評価はできないだろう。クランドホルの賢人だったアトラン自身ですら、これらと深い関わりを持っていたのか、はたして疑問に思う。アトランは賢人として公国全体を大きな尺度でとらえ、対処しなければならなかったはず。

太陽系は、クランドホル公国にとり地図上の一地点にすぎない。この星系の一惑星も、ただ名前を持つというだけで、住民は包括的にとらえられ、統計的に認識される。そのさい、個々の運命は考慮されない。決定的なのは全体的印象、重要なのは成果だけだ。

これに対してなにもいうことはない。じつに正当な方法だし、ほかにはどうしようもできないから。この実例のおかげで、壮大かつ画期的で歴史をなすような出来ごとにおいて、いかに個人が無関係であるかわかる。人はただその影響をかたすみでうけとめるだけだ。個々の運命にすぎないものは、大多数のなかに沈んでいく。

だが、わたしにとっては、クランドホルの賢人による二百年間の発展、つまり星間帝国全体の構築よりも、ここ最近の出来ごとのほうが重要だ。後者は、わたしも……いや、わたしだけではない、賢人の従者全員やアトラン自身も……関与している個々の運命によって形成されたものだから。

《ソル》がダロスに到着したさいに騒動が起こり、生存者であるふたりの公爵、グーとカルヌウムの諍いがクラン人を二分したように見えたとき、クランドホル公国の存続は風前のともしびだと、だれもが思った。唯一絶対権力を渇望するカルヌウムと、その裏切りの犠牲となったグーは、和解できずにいた。そこでついに、賢人がふたりを自身のもとに呼びよせ、みずからの名を明かしたのだ。

アトランが異人であることを告白したのははたして賢明だったかと、当時はおおいに疑問を持たれた。だれがクラン人の運命を二百年以上にわたりひきいてきたのかを知れば、かれらの誇りが傷つくのは明白だったから。アトランはみずからの肉体を回復させるさいに高い代償をはらい、賢人の地位をしりぞいてベッチデ人のマラガンと公爵グーにひきついだ。それでも最近になり、この戦略が唯一正しいものだったと判明。これにより、クランドホル公国における平和が守られたのだ。平和はしっかりと根ざし、もう兄弟団による捨てばちの最終攻撃におびやかされることもない。

これらの出来ごともまた、いつのまにか歴史の一部となった。それでも、いまだに記憶に鮮やかだ。自身が体験したことだから。

わたしの立場など、とるにたりない。十九歳で、発言権もない。だが、スキリオンはアトランの腹心のひとりで、外界とのコミュニケーション責任者でもあったため、その弟子であるわたしはつねに現状をよく把握できた。

いまや、すべてはすでに数日前のこと。クランドホル星系とは無数の光年のへだたりがある。クラン人はわれわれにあっさりと別れを告げた。賢人とその従者をやっかいばらいし、これからは自身についてみずから決めることができる！　そう考え、安心したようすをかくそうともしなかった。

わたしはすこしの郷愁も感じていない。クランを故郷だと思ったことは一度もなかった。この惑星についてほとんど知らないし、水宮殿がわが世界だったのだ。とはいえ、夢のなかではつねに、いまわれわれがめざしている遠くへと旅に出ていた。わたしはクランドホル語を使いこなすが、母国語はインターコスモだ。年齢はクラン暦ではなく、テラ標準暦で計算している。惑星クランの重力は一・四Gだが、けっしてそれに慣れることはなかった。水宮殿内の生活領域では、一Gに慣れていたから……《ソル》と同じ重力である。

これで、わたしの生活環境がクラン人とは違った状態にあったとわかる。事件があれほど劇的に次々と起きなければ、わたしは慣習にしたがい、《ソル》すなわちスプーディ船の技術要員として配属されていただろう。

「クランには短期滞在するだけだ。十世代後もこの惑星に根をおろすことはない。われわれはソラナーなのだから」と、スキリオンは一度ならず、わたしにいった。

そして、一度だけ、かすかに疑いつつもこうつけくわえた。

「ひょっとしたら、多少はまだテラナーなのかもしれない」

スキリオンがなにをいいたいか、わたしにはわかる。もっとも、これはベッチデ人にはもうあてはまらない。スカウティとブレザー・ファドンはクランにのこりたいと希望し、そのとおりになった。ベッチデ人はたしかにソラナーから派生した種族だが、この銀河の子供たちなのだ。

「ベッチデ人がいっしょにこないのに、それでもアトランは惑星キルクールに向かうつもりですか？」わたしはスキリオンにたずねた。

「まだ決定されていない」スキリオンは簡潔にそう告げると、話題を変えた。「船にはもう慣れたか？」

「うまくやってます」と、応じてみる。「まるで昔からここに住んでいるみたいに。周囲の環境を資料から学びました。あとどれくらい、この宙域にとどまるので？」

「スプーディの燃えがらで、なにが見つかるかによるな」

「もしかしたら、スプーディとか？」

「そうでないことを祈るよ」

知性を高める共生体に対するスキリオンの考えは知っている。そのせいで、アトランとのあいだに論争があったことも。スキリオンのように考え、むしろスプーディなしで銀河系に向かいたいと考える者はすくなくない。いずれにせよ、この件に関する議論は見てのとおり、無意味となった。スプーディ・フィールドが消えてしまったのだから。

わたしには、バーロ人の運命のほうが気にかかる。

やがて司令室に到着したわたしは、まるで、顔を殴られたかのように感じた。孤独をもとめれば、好きなだけ長くひとりきりでいることができる。人口集中区域をはなれれば、《ソル》のような巨大船内では、およそ一万五百名の乗員がいるにもかかわらず、何時間もだれにも会わずに動けるのだ。

司令室は、ライトグリーンのコンビネーションを着用した乗員が生活しているようなどの階層にもある人口集中区域の一角にあった。そのあわただしさを文字どおり肌で感じる。ただ、わたしを強くとらえたのは緊張感漂う周囲の雰囲気よりも、パノラマ・スクリーンのほうだった。

そこには、不格好で醜く、それでも感銘をあたえる物質の塊りがうつしだされている。それはあまりに黒く、星々のあらゆる光をのみこむように見えた。

スプーディの燃えがら以外の何物でもない。

＊

スプーディの燃えがらは全長十三キロメートル、厚みは最大で十キロメートルに達する。アステロイドは、黒っぽい溶岩のようなものでできていた。多孔性で、高密度ではなさそうだ。この宇宙の塊りを解明するのは不可能だろう。

セネカに照会したところ、この天体が未知のものではないとわかる。すでに数十年前にヴァルンハーゲル・ギンスト宙域で発見されていた。だが、これまでまったく重要視されていなかったため、データのひとつも存在しない。

「絶望的な光景だな」だれかの声が聞こえる。わたしは心のなかで、賛同をしめした。

「死にたえた残骸だ」

《ソル》は、それでも安全距離をたもつ。アステロイドをめぐる監視衛星も、数千キロメートル圏内に近づくことはない。これらの予防処置の必要性が、わたしにはすぐにはわからなかった。それでも、かわされる会話に耳をかたむけているうちに、アトランの意図を理解する。ようすを見ようというのだ。

「未知者がこの一見役にたちそうもない残骸を、これほど遠くまでひっぱってきたということは、特別な意味があるにちがいない」クランドホルのもと賢人が告げた。

「ひょっとすると、失われた文明の遺産があるのかもしれません」だれかが、考慮をうながすようにいう。「クラン人にゆだねてはどうでしょう。われわれにとっては、時間のむだですから」

声の主はカルス・ツェダーとわかる。タンワルツェンの右腕だ。

アトランがかぶりを振る。肩にかかる銀髪がなびいた。一連の計測データをさししめし、告げる。

「スプーディの燃えがらを解明できないという事実だけでも、考慮すべきだ。いにしえの文明の遺産が存在するのであれば、死んだ残骸とはいえない。内部では、なにかがいまもなお活動しているということ」

エネルギー探知の計測結果により、アトランのいうとおりだとわかった。そのうえ、質量走査機もスプーディの燃えがらがただの溶岩ではないと証明した。散乱放射がこの距離からの正確な計測を妨げはするものの、たしかな特徴により、アステロイドの中心核にさまざまな金属合金が存在すると判明。自然の産物ではありえないものだ。

残存放射は……反証から察するところ……スプーディの燃えがらをひっぱってきた未知者の活動により生じたかもしれない。この反証は成立しないものの、アトランは信じているようだ。異生物がその鳥に似た船でこれほど苦労してまでこのアステロイドを運んできたからには、それなりの事情があるにちがいない。

「搭載艇でスプーディの燃えがらに向かう」アトランはそう告げると、コルヴェットに乗りこむチームを編成するよう、ハロックという名の男に命じた。

ハロックは、わたしと同じくらい背が低いが、がっしりしたからだつきだ。手足は短く太い。ソラナーのひとりで、ここ数年に《ソル》の技術者として配属されていた。

「すでに、選抜メンバーは頭にあります」ハロックは長く考えることなく、そう告げた。

「十五分後にはチームがととのうでしょう」

「一時間後に出発する」と、アトラン。「たんなる偵察飛行だ」

「認めたらどうです、アトラン。アステロイドでスプーディが見つかることを期待していると」スキリオンが口をはさんだ。

「つつみかくさずにいえば、それはわたしにとり、二義的意味しかない。とりわけ重要なのは〝謎〟の解明なのだ！」アトランが応じ、突然、わたしと視線をあわせる。アルコン人はほほえみかけると、やさしくいった。「どうなるか見ていろ、メルボーン」

驚いた。アトランがわたしの名を知っているとは。まだかれが賢人だったころには、なんの関わりも持たなかったが、スキリオンがわたしのことを話していたのだ。

「メルボーンは、宇宙を経験したくてしかたないのです」と、スキリオン。「搭載艇に乗りこむチームにくわえてもらえませんか？」

「コルヴェットでスプーディの燃えがらに向かうつもりはあるか、メルボーン？」アトランがたずねた。わたしが驚きながらもうなずくと、こうつけくわえる。「では、ハロックに申しでるのだ。あとのことは、すべてコルヴェットで」

スキリオンに連れだされ、ふたりきりになると、父はすまなそうに告げた。

「悪いが、こうする以外どうしようもなかったのだ。わたしが自分でスプーディ観察の搭載艇を出すことは認められないから。だが、心配するな。ガラス人間たちは、宇宙空間でも自分たちだけでうまくやっていけるだろう」

わたしはぼんやりとうなずいた。すべてが想像とはまったく違ったように進んでいく。アトランと偵察飛行ができるなんて、夢にも思わなかった。

「わかりました」わたしはパノラマ・スクリーンを見つめながら、告げた。スクリーン上のスプーディの燃えがらは、縦軸を中心にゆっくりと回転しているように見える。ところが、《ソル》が映像にはいってくると、はじめこそ混乱したものの、この観察があてにならないとはっきりわかった。映像は、相対的に静止したアステロイドをめぐる監視衛星が送ったもの。つまり、回転しているように見えるのは、衛星の自転によるものなのだ。

スキリオンがわたしを年配の男に紹介した。格納庫担当者のひとりだ。男はコルヴェットがならぶエアロック室まで案内してくれた。そこで、わたしはハロックにゆだねられる。周囲には、要員二十名のうちすでに十名が集まっていた。

なかには少女の姿もある！

ほかにも女性メンバーが三名いたが、わたしの目には彼女しかはいらなかった。ブロンドのショートヘアで、顔の右半分にバーロ痣が見える。彼女もこちらを見つめていた。その目が、いたずらっぽく光る。まるで、魅力的にウィンクしながら、こういいたいかのようだ。ふたりのバーロ痣をたがいに補いあえばすばらしくなるでしょうにと。

「こちらはメルボーン……」同行者がわたしを紹介した。

「……夢心地のようだな！」ハロックがつけくわえた。「目をさますのだ、若者よ! きみの搭乗については連絡があった。わたしにベビーシッター役をつとめろとでもいうのか？　きみはなにができる？」

「申しわけなくも、まだ宇宙航行の経験はなくて……」わたしはつかえながら応じた。

バーロ痣が熱く感じる。咳ばらいをして、つづけた。「でも、水宮殿では通信士としてスキリオンのアシスタントをしていました」

これはいいすぎだ。それでも、一度口にしたからには訂正などしたくはない。

「よし」ハロックが無愛想にいった。「ならば、カエラの助手をしてもらおう」

カエラとは、例のブロンドの少女の名だ。その右目は美しいバーロ痣にかこまれていた。コルヴェットの通信士である。

カエラはわたしにいっしょにくるよう告げると、搭載艇を案内してくれた。艇内はしずかで、あわただしさとは無縁だ。なぜだれも出発準備におわれていないのか。カエラにたずねると、こう返答があった。つねにいくつかの搭載艇がいつでも出発できる態勢にあり、もちろんそのような艇のひとつが今回も選ばれたからだと。

カエラはわたしをメルと呼び、わたしは彼女をカエと呼んだ。

「わたしのことをまったくの無知だと思ってもらわないと。通信助手として、きみの大きな負担にならなければいいのだが」

「すべてルーチン作業なの」と、カエラ。「おたがいのことをよく知りあう時間が飛行中に充分あるわ。ときどき退屈でたまらなくなることもあるくらいよ」

「われわれ、これまで会ったことがなかったのはなぜだろう、カエ？」

「以前に水宮殿で会ったことがあるはずよ。でも当時、あなたはまだ子供だった。わたしはもう四年前から《ソル》に技術者として配属されているの。それだけ、こちらが年上だってこと。わたしの実務経験から学ぶといいわ」

カエラはわたしを司令室に案内した。そこには乗員が徐々に集まりだしている。通信機の前にすわると、たちまちすべてなじみがあるもののように思え、驚いた。

「水宮殿の通信機の配置と変わらない」わたしは確信し、心得顔でほほえむカエラにたずねた。「わざとかな？」

「知ってのとおり、賢人の従者はだれもがいずれは《ソル》の技術要員として配属されるわ。どちらの任務にも習熟するためにね。《ソル》の技術システムを水宮殿の施設にとりいれたのは明白なことじゃない？　異なる環境による、ほんのわずかの違いしかない。あなたもすぐに慣れるでしょう」

このとき、とほうもない考えが浮かんだ。

「われわれが《ソル》で生活するための教育をクランですでにうけていたという推測は、

まったく的はずれかな？」

「的はずれですって？」カエラがにやりとしていった。「まさに核心をついてるわ。でも、もちろんだれも、Xデーがこれほど突然にやってくるとは想像できなかった」

Xデー……クランに別れを告げ、帰還の旅に出発した日のことだ。賢人は、われわれにその準備をさせていたということか。

「きみは、そもそもテラをどう思っているの、カエ？」

「あなたやほかの人たちと似たりよったりよ。わたしたち、ただいろんな資料から大昔の故郷を知るだけで、その資料は非常に古い。アトランだって、記憶として地球を知っているにすぎないわ」

わたしはまだなにかいおうとしたが、すでに出発のカウントダウンがはじまった。不思議でしかたがない。カエラのそばにいると、時間がたつのがなんて早いのだろう。

5　アトラン

スプーディの燃えがらは実際、その命名にふさわしいしろものだった。コルヴェットが接近すればするほど、黒い塊りの表面の裂け目の多さがきわだつ。

首席探知士のタエル・モルダーが非常に的確な表現をした。

「まるで、とても重い物質でできた塊りが爆発し、破裂する瞬間、そのプロセスが突然とまったかのように見えます。もちろん、爆発力があらゆる方向に同じく作用するわけではありませんが」と、ことわっておきながら、「さもなければ、無重力と真空が支配する宇宙空間においては、球体が形成されたでしょうから」

「それに、スプーディの燃えがらには硬い核があります」副探知士のトレッシンがつけくわえた。

ハロックは慎重にメンバーを選んだもの。それに、かれ自身が最高ランクのパイロットだとわかってよかった。いまのところ、パイロットがその能力を証明する必要はないが、スプーディの燃えがらでなにが待ちうけているか、だれにもわからないのだ。

なぜなら、なにかがここには存在するのだから。それは、この宇宙の残骸に接近するにつれてますます明らかになった。どうやら、この物体は自然発生したみたいだが、その内部にはなにか人工的なものがかくされているようだ。ひょっとすると、埋もれた文明の遺跡、惑星規模のカタストロフィ、古代技術の遺物かもしれない……いずれにせよ、鳥型艦の未知者の興味をひくようななにかである。

スプーディの燃えがらは、すでにスクリーン全体をおおいつくしていた。アステロイドは自転せず、慣性飛行で移動している。いまだに未知者が牽引していたコースをたもっていた。もっとも、どうやら遷移あるいは似たような方法でここまで移動させられたようだ。というのも、この距離をあのわずかな時間で移動できるはずがないから。《ソル》が最後に接近したさい、ヴァルンハーゲル・ギンスト宙域は見慣れた光景を見せていた。これにより、スプーディ・フィールドもまだそこにあると推測できたもの。

裂け目の多い表面が徐々に近づいてくる。探知結果はまだなにもはじきだされない。

「スプーディの燃えがらの周囲をまわってみましょうか？」ハロックがたずねた。「ひょっとしたら、向こう側ではもっとましな情報が手にはいるかもしれません」

わたしは同意をしめした。

《ソル》とはつねに連絡をとりあっているが、こちらから連絡すべきことはなにもない。通信士に目をやると、熟練したようすで任務にあたっていた。非常に魅力的な少女だ。

右目の周囲のバーロ痣も、その美しさを損なうことはない。スキリオンの息子メルボーンも同じように思っているようだ。

「女性を見て、なにを考えますか？」スワンがたずねた。「つまり、二百年は長い歳月でしたからね」

「二百年のあいだ、ふつうの食事をとることもなかったぞ」と、応じてみる。「だからといって、すぐにこれをとりもどしたいとは思わないし、入手可能なすべてを体内につめこむことも、そのまったく逆のこともしない。食欲不振におちいることもなく、大食漢になることもない」

これにはスワンも笑いだし、かれがいることによる居心地の悪さはすこし改善された。

「できることなら」と、スワン。そこでわざと間をおくと、「あなたの睡眠中に脳活動を調べたいものです」

わたしは一瞬、電流に打たれたかのようになったが、それをおくびにも出さない。スワンが知っているはずがないではないか。いつも眠りからさめるさい、二度と目がさめないのではないか、あるいは頭上に浮かぶスプーディ群を見るのではないかという恐怖でパニックになりながら、汗だくで跳びおきることを。だいぶましになったが、細胞活性装置と論理セクターがなければ、この後遺症をどう乗りこえられたかわからない。

「そうなれば、きみの思うつぼだろうが」と、笑いながら告げた。

だが、スワンはもう笑わない。

突然、警報が鳴ったのだ。

タエル・モルダーがこれを発した。質量走査機が、アステロイドにある金属の異物を探知したようだ。

「非常事態だ……完全な戦闘態勢をととのえよ！」わたしはそう命じた。

もっともきびしい警報段階を発令するのは、いささかやりすぎのような気がした。攻撃された場合、エネルギー・バリアによって保護される。いずれにせよ、充分に戦闘態勢をととのえる時間はあるのだ。

「さらに接近する」と、告げた。「対象物を識別できるくらいまで近づくのだ」

わたしは、自身が発見熱にとらわれているのを感じた。この興奮が強まり、ほかの乗員に伝染していく。

もうチームのだれも、すべてがルーチン作業に見えていたときほどくつろいではいなかった。乗員は緊張しながらそれぞれの持ち場についている。メルボーンは副通信士席でまぎれもなくこわばり、機械的な動きで両手を太股《ふともも》のあたりで拭《ぬぐ》っていた。

「さらに接近するのだ、ハロック」わたしは押し殺した声でいった。「あれの正体を完全に正確に知りたい」

スプーディの燃えがらが壁のごとく、威嚇的《いかくてき》に目の前にそびえている。その険しい表面に、コルヴェットはゆっくりと舷側を近づけていった。

*

質量走査機は、湾曲した物体をさししめした。表面は磨かれているが、縁はぎざぎざでふぞろいだ。対象物は残骸の隙間にはさまっている。未知の合金からなり、半立方メートルほどの大きさだ。あれほどの興奮をもたらした異物は、なかば溶解した金属の塊りと判明した。

「結局、この発見物が証明したのは」と、ハロック。「スプーディの燃えがらに二種類のものが存在することです。機械装置と、その種のものを破壊できる力が」

「スプーディの燃えがらをひっぱっていこうとした未知者のごみかもしれません」副探知士のトレッシンが口をはさんだ。

「タンワルツェンが、さらなる詳細を知りたいそうです」カエラが報告した。

「辛抱してもらわねば」と、わたし。

「ハイ・シデリトは、わたしたちが罠にはまったのではないかと恐れています」と、通信士。すくなくとも彼女のおかげで、直接タンワルツェンと口論しなくてすむ。わたしが《ソル》に乗りこんでからというもの、ハイ・シデリトはまるでユーモアのセンスを失ったかのように思えた。

「せいぜい、コルヴェットが残骸のあいだにはさまれるくらいだ」わたしは不機嫌に応じた。つまらないものを発見したという落胆をかくしきれない。

「おやおや！」タエル・モルダーが大声をあげた。「急《せ》いてはなりません、アトラン。この残骸の峡谷の奥に、さらに多くの金属がありますよ」

「おそらく、さらなるがらくたでしょう」トレッシンがそっけなくいう。

「そんなはずは……」タエルが口をつぐみ、詳細探知に集中する。わたしが近づくと、先をつづけた。「べつの金属面はずっと大きく、重量は数トンになります。ハッチくらいの大きさです。エアロック室かもしれません」

「金属表面までの距離は？」わたしはそうたずねてから、明確につけくわえた。「最初の発見物からどれくらいはなれているのか？」

「五百メートルです。峡谷は比較的ひろく、通行可能に見えます。ここは、かつて往来がはげしかった場所と思われます」

「この目でたしかめよう」わたしはとっさに決断した。「着陸し、艇を降りるのだ。近くに適した着陸地点を探してもらいたい。緊急時には、ただちに出発できるように」

「ここはダロスじゃありませんよ」と、ハロック。「それでも、コルヴェットに適した着陸ポイントを見つけてみせます。できるだけ、エアロック出入口が見える場所で」

険しいアステロイドの表面でコルヴェットを操作するのは、至難のわざだ。それでも、ハロックはこれをやってのけた。一見、なんの苦もなく艇を九十度回転させると、底部を地面に近づけ、テレスコープ脚でおだやかに着陸させる。

しばらくのあいだ、司令室を緊迫した沈黙が支配した。《ソル》のタンワルツェンさえ、息をひそめているかのようだ。スピーカーからはなんの音も聞こえない。

それでも、なにも起こらなかった。

「われわれ、そもそもなにを待っているのです？」モルダーが口をひらき、呪縛が解かれると、突然、全員が同時に話しはじめた。

わたしはなにをすべきか考えた。背後を安全にかためることなく、ただ艇を降りて峡谷に侵入するのは賢明とは思えない。いずれにせよ、まずいくつかのテストをするにこしたことはないだろう。

「カエラ、あらゆる通常周波で接触シグナルを送ってもらいたい」通信士に向かってそう告げ、火器管制センターにはエネルギー放射の準備をするよう命じた。これはまちがいなく探知されるが、わずかな損傷をあたえるにとどめれば、こちらにかならずしも敵対の意図がないことは相手にもわかるだろう。それには繊細な指の動きが必要だが。このほか、シフトの出撃準備を命じ、いくつかの調査ゾンデを用意させる。

しかし、これらすべての命令が実行されることはなかった。というのも、通信士が接触の試みをはじめたとたん……あとから考えれば、まさにこの通信シグナルがなんらかの装置を活性化させたかのように思えた……コルヴェットが振動したのだ。

たちまち防御バリアがきらめき、燃えあがる。エネルギーが反作用力と衝突し、バリアが崩壊した。

警報がうなり、モニター画面を稲妻がはしる。幻覚めいた色とりどりの爆発が起きた。不気味な光のショーが、周囲でくりひろげられる。不気味なのは、これが制御不可能なせいだ。

ハロックとその部下が必死で対応にあたるが、装置を制御できない。なんらかの力がコルヴェットに干渉してきたのだ。その力に対し、艇の防御装置は充分でなかった。これは奇襲攻撃だけでは説明できない。というのも、自動装置がただちに反応したから。

司令室を放電エネルギーの火花が横切った。照明が消え、電光だけが暗闇のなか、音をたてながらあらわれては消える。非常灯が点灯し、その後まもなく、不気味な現象がおさまった。

状況はおちつきを見せたものの、つづく沈黙はわれわれにとり、それまでの大騒ぎよりも耐えがたいもののように思えた。さらに、非現実的でもある。なぜなら、ほとんどすべての装置の表示がゼロをさししめしていたから。

ただ探知システムと通信機だけがまだ完全に機能した。カエラは青ざめた顔で自席にすわっている。震える手がそのままスイッチの上に置かれていた。その手で、冷静沈着に接触通信を中断したのだった。

「わたしが、この反応をひきおこしてしまったのではないかしら」カエラは気がとがめたようすでいった。けっして彼女に責任などない。わたしは接触をあきらめ、ただ艇を降りるべきだったのだ。もっとも、われわれの行動とこの反応が同時に発生したのは、ただの偶然ということもありうる。

「なにをしたのだ、カエラ」タンワルツェンが連絡してきた。「なにが起きたのか？《ソル》ではなにもはっきりとは探知されていないぞ。包括的状況報告をたのむ」

「状況を分析したら、結果をそちらに送る！」わたしは司令室に響きわたるような大声をはりあげた。

タンワルツェンの毛穴の目だつ顔がスクリーンでぴくりと動く。その目はわたしを探していたが、ヴィデオカムの有効視覚範囲にいないので、見つからない。

「全員、動けないとでも？」タンワルツェンが大声でいう。「コルヴェットごと罠に落ちたわけですか」

わたしは探知結果を確認した。モルダーが耳打ちする。

「この状況をタンワルツェンに伝えないほうがいいでしょう。コルヴェットは強い拘束フィールドにとらえられ、そこから逃れられません。すくなくとも自力では。それでも、タンワルツェンが援軍を送ったり、《ソル》ごと介入してきたりしたならば、なにが起きるかだれにもわかりません」

「そうなってはならない」と、わたし。「調査をつづけよう。ひょっとしたら、この状況をもたらした施設が見つかるかもしれない」

わたしが通信機に向かうと、カエラが席をゆずった。副通信士席のメルボーンは冷静に見える。タンワルツェンがスクリーンの向こうからわたしに笑いかけ、

「賢人だったときのあなたは、これほどの危険にさらされたことはなかったでしょう」と、いった。独特のユーモアセンスをまだ完全には失っていないことを誇示するかのようだ。「すくなくとも、現在どのような状況にあるのか教えてもらえませんか？」

「われわれはぶじだ」と、わたし。「自力でこの状況から脱出できる。コルヴェットは拘束フィールドに捕まっただけだ。とはいえ、ここにさらなる大型火器が存在する可能性は排除できない。それらを作動させてはならない。きみが援軍を送れば、まちがいなくそうなるだろう」

「わかりました。あと二、三時間待ちましょう」

「わたしの明確な指示なしには、なにもしてはならない」と、きびしく告げた。「助けが必要になれば、連絡する」

「通信途絶によって？」

わたしは、聞こえよがしにため息をついた。

「おそらくスプーディの燃えがらに、コルヴェットを識別し、それに応じた予防処置をとれる自動装置が存在するのだと思う。投入された力は正確にはかられたもの。艇を破壊することなく、最適な効果をもたらした。われわれ、この状況をよく理解すべきだ。きみが援軍を送れば、より強い力が働くだろう」

「すべてが推測にすぎません」と、タンワルツェン。「こうなったからには、《ソル》の火器を投入し、スプーディの燃えがらのすべての施設を破壊してもいい」

「まさにそれを恐れているのだ」と、わたし。「きみはスプーディの燃えがらを原子に変えられるかもしれない。だがそうなれば、疑問に対する答えをけっして得られないだろう。介入してはならない」

「いいでしょう、待ちます」タンワルツェンが降参した。「ですが、あらゆる経緯について定期連絡をお願いします」

「つねに最新情報を伝えるとも」わたしはカエラに席をゆずると、ハロックのもとに向かった。こっそり合図を送ってきたのだ。ほかの乗員の顔から、なにか望ましくない事態が起きたのだと推察する。

実際にそうだった。

いくつかのよくないニュースがあったのだ。

「エアロックが開き、威嚇的なマシンの大群が出現したのです」と、ハロック。「われわれをとりかこむように、いくつかの砲塔がくりだされました。こちらに狙いを定めているようです。たとえ、拘束フィールドを無効化できたとしても、われわれがスプーディの燃えがらから生きて逃れることはできないでしょう」

スプーディの燃えがらを防衛する者は、なぜコルヴェットの着陸後になってこれらの処置をとったのか。実際、答えはひとつだ。背後に、威嚇的で見当のつかない威力を持つ《ソル》がいたから、コルヴェットがアステロイドに接近するさいは攻撃しなかったのだろう。ひょっとしたらアステロイドの所有者は、人質としてわれわれをとらえるつもりかもしれない。わたしがかれらの立場ならば、やはり同じ行動をとり、最後まで見つからないことを望んだだろう。われわれの着陸により、みずから姿をあらわすほかに手だてがなくなったわけだ。

「どうしますか？」ハロックがたずねた。

「ひょっとしたら、交渉できるかもしれない」と、わたし。

「で、かれらがわれわれの通信メッセージにふたたびエネルギーの花火で応じてきたら？」

「通信メッセージは送らない。直接、接触をはかろう」相手の目に浮かぶ疑惑に気づいた。その恐れを見こしてこう告げることで、先手を打つ。「そのほうが、コルヴェットとわれわれ全員の命を危険にさらすよりも理性的といえる。同行者が五名必要だ」

「もちろん、同行します。いわば、あなたの主治医として」スワンがきっぱりという。わたしはかれの気のすむようにさせた。ただの足手まといになるだけだろうが。

スワンのほかには、副探知士のトレッシン、ヘルウィンとスラガーという名の技術者ふたり、それにメルボーンを選んだ。みずから志願した若者をすげなく却下する気にはなれなかったから。

われわれは武器庫に向かうと、耐圧防護服を着用した。ヘルメットを閉じたとたん、ハロックが通信機で報告してくる。

「近くでさらにひろいエアロックが開き、そこから無数のマシンが出てきました。まぎれもなく、戦闘ロボットです！」

「ならば、われわれが迎え撃つしかないな」と、わたし。

当初の意志に反して、それぞれ大型ブラスターで武装した。

「アトラン！」タンワルツェンの声がヘルメット・テレカムでまさに炸裂した。「全員が深刻な危機にあるということを黙っていたのですね。断じて認められません……」

「この周波を使うな！」タンワルツェンを叱責する。「さもないと、通信が混乱する。きみの通信相手はカエラだ。ついでにいえば、わたしがきみに告げた言葉はまだ有効なのだぞ。ひかえめな態度が最優先事項だ」

タンワルツェンはひっこんだ。その前に〝わが独断〟について意見するのを忘れずに。

わたしは考えた。賢人の地位と超自然存在としての名声を失ってからというもの、クラン人に対する権威の喪失を味わったものだが、わが部下に関してもその思いを甘受しなければならないのか。

公爵カルヌウムのあざけるような笑い声がまだ記憶にのこる。わたしがはじめて人間の姿でかれの面前にあらわれたときのことだ。とはいえ、当時のわが地位と《ソル》での立場を比較することなどできない。なんといってもタンワルツェンは船長かつハイ・シデリトなのだ……この称号の元来の意味を、いまだに本人が完全には理解できずにいるとしても。

われわれは主エアロックの与圧室に向かい、降りる準備にかかった。

6　メルボーン

わたしがバーロ人ならば、面倒な耐圧服なしでエアロックをはなれ、スプーディの燃えがらの空気のない地表になにも気にせずに立つことができただろう。この状況でバーロ人数名を同行させていたならば非常に役だったにちがいない。ほとんど声に出してそういいそうになる。そこで、かろうじて気づいた。賢さをひけらかさないほうがいい。わたしは新入り、いわゆる青二才なのだ。ひかえめにふるまうのが妥当だろう。

次の瞬間、自身の経験不足を痛烈に認識する。

コルヴェットを降りたとたん、身体が重量を失ったような気がした。突然のパニックに襲われ、はげしくもがく。すでにコントロールを失い、自転しながら上昇していった。

「重力調整装置を作動させろ！」アトランの声がヘルメット・テレカムから聞こえた。「だが、きわめてゆっくりとだ。さもないと、石のように地面に落下するぞ。残骸の鋭い断面で耐圧服が切りさかれるだろう」

わたしは汗ばみながら、慎重に反重力装置を作動させる。その効果が徐々にあらわれた。上昇に制動がかかり、ふたたび下降しはじめる。両足で着地すると、こんどは跳びあがらずにすんだ。これでようやく、一Gに調整できたのだ。

この失態について詫びると、スラガーはこういった。

「われわれの責任だ。きみに宇宙経験がないことは知っている。もっと注意をはらうべきだった。わたしのそばからはなれるな、メルボーン。きみの世話をひきうけよう」

その声にこめられたかすかな非難は、はっきりとアトランに向けられたものである。わたしをこの任務に同行させたのだから。わたしは恥ずかしくなり、気がとがめた。

「大丈夫か、メルボーン？」アトランがたずねてくる。

「うまくやれると思います」と、わたしは応じた。

「きみも自分で注意をはらうのだ」と、アトラン。「あるいは、コルヴェットにもどりたいか？」

「いいえ」

わたしはかたくなに誓った。もう二度と、失敗をくりかえすものか。まったく宇宙経験がないわけではない。研修のあいだ、無重力状態のシミュレーターを充分に体験したのだ。とはいえ、実践ではなにもかもすこしばかり勝手が違うが。

アトランが先頭を進み、わたしは中央に配置された。トレッシンがしんがりをつとめる。アトランは耐圧服の左前腕にある探知装置から目をはなさないまま、未知ロボットの主戦力が位置する方向に進む道を選んだ。

コルヴェットが視界から消え、目の前に円柱のような残骸がそびえたつ。地面は穴だらけで、何度か大きなクレーターを避けて通らなければならなかった。

装置を一瞥《いちべつ》し、わかった。われわれ、一体にも出くわさなかったが、未知ロボットの陣地にはいったのだ。ロボットは道の両側にならび、すぐ目の前にいる。

「背後にも！」トレッシンが報告した。「ロボットに包囲されたようです」

「沈黙を守ろう」と、アトラン。「相手が静観しているかぎり、こちらから焚《た》きつける必要もあるまい。ロボットが戦闘を標準プログラミングされていないといいが」

アルコン人は歩行速度をゆるめた。目の前に、険しい溶岩の壁がそびえたつ。ロボットの陣地はすぐそのうしろにあるにちがいない。アトランは右に方向転換し、峡谷深くに進んでいく。なにか目的があるようだ。

「包囲網が縮まりはじめました」タエル・モルダーがコルヴェットから報告する。「武器をかまえてください。ロボットが戦闘態勢で接近しています」

「感覚的解釈はひかえてくれ」と、アルコン人。「だれがロボットの態度から、そのふるまいを決められるというのだ」

アトランは、自身の冷静さがわれわれに伝染するとわかっているようだ。それでも、わたしの神経ははりさけそうなほど緊張し、からだが硬直する。

「あれだ」アルコン人はそう告げ、立ちどまった。
追いついてみると、アトランの目の前に、縁がかたまった金属の残骸が横たわってい
た。コルヴェットから探知され、われわれの興味をまずこの場所に向けさせた例の金属
片かもしれない。つまり、アルコン人はこれを探していたのだ。
「調べてみてくれ」アトランがトレッシンに命じた。「ほかの者は、周囲に目を光らせ
るのだ。だが、だれもロボットを攻撃しようとは思うな」
　トレッシンは探知装置を発見物に向け、ときおり、微調整をほどこす。わたしは何度
も、おちつきなくあたりを見まわした。とはいえ、まだロボットの姿かたちも見えない。
　ハロックはコルヴェットからこう報告しているというのに。
「ロボットはこの瞬間にも襲撃をかけるでしょう。コルヴェットの銃砲の発射準備はと
とのっています。アトラン、発射命令をくだすまで長く時間をかけないでください」
　アルコン人はなにも応えない。ヘルメットの透明ヴァイザーごしにトレッシンを緊張
しながら見つめている。ようやく、探知機器が調査結果をはじきだしたようだ。トレッ
シンがこう告げる。
「これは、これらのロボットの残骸にちがいありません。同じ合金で構成されています。
ひとつだけ奇妙なのは、携行ブラスターで破壊されていること。宇宙船に搭載されるよ
うな重火器であれば、こっぱみじんに吹きとばされたでしょうから」

「つまり、どういう意味でしょうか？」わたしはたずねた。これ以上、好奇心をおさえてておくことができない。

「あらゆる可能性がある」アトランが考えにふけるようにいう。「たとえば、アステロイドをひっぱっていこうとした未知者が、戦闘チームをここにのこしていったとか」

「つまり、これらのロボットは未知者のものではないと？」スラガーが疑うようにたずねた。

アトランはかぶりを振り、

「スプーディの燃えがらにある施設は、すでに長い歳月をへたものにちがいない」と、告げた。「どれほど高度な技術であろうとも、《ソル》が最後にヴァルンハーゲル・ギンスト宙域にきたとき以降に、これらを構築できるわけがない。とはいえ、二種類のたがいに反目しあうロボットのグループがあるとも考えられる……あるいは、われわれ以外に第三の利害関係者がここには存在するとも」

わたしは、鳥型艦の異生物が戦闘部隊をここにのこしていったという見解に賛成だった。スプーディの燃えがらにある施設を守り、われわれを手厚くもてなすためだろう。

いまのところ、謎は未解決のままだが、このテーマについて議論する時間はもうなかった。アトランの背後のかなりはなれたところに、なにか動くものを見つけたのだ……ロボット部隊だ。このようなマシンは見たことがない。未知構造でも単純なロボットのたぐいを想像していたのだが、これらはまったく違ったようすをしていた。その姿を目《ま》のあたりにし、ほとんどショックをおぼえる。

巨大な金属製のクモを彷彿させたのだ。

「ロボットだ！」わたしはそう叫ぶと、ほかのメンバーにならって方向転換し、武器をかまえた。

「防御バリアを展開せよ」アトランが命じる。

だれもがこれにしたがった。

「建造者がこれらのロボットを自身の姿に似せてつくったとすれば、かれらはクモにちがいない」スワンがいった。

ロボットは、あらゆる方向から同時に近づいてきた。そのからだは平たい卵形で、貝殻のようなかたちをしている。側面の両端から、関節を持つ細い脚三本ずつがのび、それを利用しながら移動している。前面には七本めの肢がある。柔軟な触腕らしい。その先端はチューブ状で、どうやら武器のようだ。クモのような脚の関節のおかげで、ロボットの歩き方はけっして機械的には見えない。しなやかといった感じだ。

ロボットはひしめきあいながら行進し、梯陣《ていじん》を組む。

突然、全員が同時に武器アームをかかげ、われわれに銃口を向けた。わたしは、ブラスターの発射ボタンを押さないよう自身に強《し》い、ほとんど右手が痙攣《けいれん》するところだった。

アトランが発射を阻止するように右手をあげていたから。

戦いの火ぶたが切って落とされても、アルコン人はこの姿勢を崩さない。

当初、わたしはヘルウィンの神経がまいったのかと思った。だれよりも早く、発砲したから。ところが、すぐにわかる。火ぶたを切ったのはコルヴェットとしか考えられない。この一瞬前に、第一の爆発がロボット部隊前線のうしろのほうの列で生じたから。

「ハロック、このおろか者！」アルコン人の怒り狂った声がヘルメット・テレカムから聞こえた。アトラン自身もすでに武器で応戦している。「ロボットは、麻痺ビームのみ投入したのかもしれないのに」

なぜアルコン人がそう思ったのか、わたしにはまったくわからないが、正しかったようだ。なぜなら、ロボットは武器アームをひっこめると、そのかわりに脚二本をかかげたから。その先端には、さらに危険そうな金属のらせんが光る。

そこから稲妻がひらめき、周囲は爆発の炎がゆらめく地獄と化した。

「それは知りえませんでした」ハロックの弁明がテレカムから聞こえ、「そもそも……ロボットがあなたがたを麻痺させ、捕まえるのを、傍観することはできません」

「撤退だ！」アトランが命じた。

＊

わたしの防御バリアの上を、エネルギー性の稲妻が疾走する。足もとの地面が溶けて消えたように感じた。冷静沈着に反重力装置を作動させ、上昇する。

エネルギー放電の向こうに、スラガーの顔が一瞬見えた。賞讃するようにうなずきかけてくる。

足もとの地面は灼熱の液体と化し、背後の溶岩壁は崩壊した。

「この壁の隙間で戦う!」アトランが命じるのが聞こえた。「インパルス・エンジンを使うのだ」

アルコン人とほかのメンバーが溶岩開口部に向かうのが見えた。わたしもマイクロ・インパルス・エンジンを作動させる。仲間に追いついたとき、目の前にさらなるクモ型ロボットが出現。両方向から、われわれめがけて飛んでくる。ふたたび、前面の金属触腕だけをこちらに向けていた。だが、はたしてロボットの麻痺ビームを個体バリアで防御できるものか。こんどはアトランですら、なりゆきにまかせることはなかった。リーダーが口火を切ると、ほかのメンバーもそれにつづく。

ロボット数体が爆発した。ほかのロボットがふたたび整列する前に、われわれはその場をあとにした。

「砲塔が見えるか?」と、アトラン。「あれが目的地だ」

それほど遠くないところに、溶岩層から金属製の細い塔がひとつ、そびえたつ。その先端からエネルギー流が、われわれの頭上高く、コルヴェットの方向に向かってつねに流れていく。

「搭載艇が攻撃をうけているようです!」わたしは驚いて叫んだ。

「賢いな、若いの。だれだ……メルボーンか?」たちまち、ハロックのあざけるような声が聞こえた。「そのとおり、こちらは連続砲火をうけている。防御バリアが崩壊するのも時間の問題だ」

「ならば、艇を降りるのだ」と、アトラン。「相手はただのロボットだ。コルヴェットからうける印象で特定の敵像をつくりあげたのだろう。ひょっとして、コルヴェットを破壊しつくしたら、友好的な面を見せるかもしれない」

アトランは溶岩の山の麓《ふもと》におりたった。その山頂から例の砲塔がそびえたつ。ほかのメンバーもこれにならった。

「コルヴェットを犠牲にしろと?」ハロックが信じがたいといったように叫んだ。

「《ソル》から援軍が到着するまで、まだもちます。いずれにせよ、タンワルツェンはもう辛抱できないでしょう……」

「これ以上、状況を悪化させるようなことは、すべて避けなければ」と、アトラン。

「タンワルツェンに手ださせてはならん。ただコルヴェットをあきらめることでのみ、事態を鎮静化できる」

わたしは砲塔を仰ぎ見た。エネルギー流が消えたのだ。ほとんど同時にハロックが報告した。「攻撃がやみました。もう砲撃をうけていません」

「ならば、この機会を利用し、コルヴェットを降りるのだ」と、アトラン。「搭載艇にだれもいないとロボットが認識すれば、ひょっとしたら、艇を救えるかもしれない」

「ですが、そうなるとわれわれも、あなたがたと同じ状況におちいるわけです……完全に無防備で」ハロックが考慮をうながすようにいう。わたしには理解できた。艇の保護下をはなれるのは、ハロックにとり、どれほど不安なことか。

「必要なだけ装備をすればいい」と、アトラン。「だが、この機会を利用し、状況を変化させるよう試みるのだ。ひょっとしたら、時間稼ぎにさえなるかもしれない。ロボットがどのようにプログラミングされているかは、だれにもわからない。その背後に知性体がいるとすれば、武力行使より錯乱戦術のほうが効果があるだろう。賢い戦術はけっして不利に働くことはない」

ハロックはわたし同様、アトランの思考にうまくついていけないようだ。その声を聞けばわかる。

「あなたが本当にそう考えるならば……」ハロックが疑うようにいう。「ですが、タンワルツェンにはなんと伝えればいいので？」

「われわれの状況はきびしいが、絶望的ではないと」アトランが簡潔に答えた。「タンワルツェンは、なにがなんでもスプーディの燃えがらに手だししてはならない。助けが必要になれば、連絡するからと伝えてくれ」

「了解です。われわれ、これから艇を降ります」ハロックが感激するでもなくいう。

わたしはカエのことを思った。危険な状況にもかかわらず、彼女との再会が待ち遠しい。奇妙にも、この瞬間、この思いがほかのなにをもしのぐとは。

われわれは反重力装置の助けを借り、溶岩の丘を漂いながら昇った。砲塔の基礎部まであと五十メートルというところに到達したとき、地平線付近の奇怪な溶岩構造物のあいだに、コルヴェットの上極ドームが見えた。

このため、わたしは一瞬、周囲への注意をおこたった。それで、すぐ前を進む人がとまったさいにぶつかってしまった。アトランの主治医、スワンだ。それでも、相手はこれを気にもとめない。

突然、列がとまった理由は、アトランの言葉でわかった。遅ればせながら、エネルギー走査機を一瞥。強力なエネルギー・フィールドが、溶岩の丘の頂上をつつんでいるのを確認する。

「このバリアは突破できないだろう」と、アトラン。「防御フィールドの強行突破を試みるのはほとんど意味がない。ただ迂回するのみだ」

ハロックがふたたび連絡をよこした。

「すでにコルヴェットを出ました。そちらに向かいましょうか?」

「拠点を築き、見張りを立てるほうが得策だろう。ロボットのようすはどうだ?」

「撤退しました」ハロックはそう告げると、ためらいながらつけくわえた。「静観しているようです……まるで、あらたな攻撃態勢をととのえているかのようだ」

「待つのだ」アトランはそう端的に告げると、つけくわえた。「現在ポイントから移動せず、そこに陣地を確保せよ」

エネルギー・バリアにそい、起伏のはげしい溶岩の山腹の上を漂いながら、わたしは周囲を観察した。二キロメートル先まで見わたせる。コルヴェットの着陸地点からは一キロメートルほどはなれていた。そのあいだにひろがる溶岩大地の光景。金属的な光があちこちできらめく。もうクモ型ロボットの姿は見あたらない。そもそも、われわれは格好のターゲットだったはず。それならばなぜ、攻撃をしかけてこない? ロボットの態度には〝論理的〟理由があるはずだ……ただ、どのような論理にしたがっているのかは疑問だが。

「あなたがたの姿が見えます」ハロックがふたたび連絡をいれてきた。「ですが、そこでなにをしているので? ロボットの一施設にそれほど接近したら、防衛プログラムを作動させてしまうのでは、アトラン?」

「危険は承知のうえだ」アルコン人が簡潔に応じた。

「ですが、なんのために？」それでもハロックは食いさがる。

「内部への出入口を探しているのだ」と、アトラン。「内部に侵入しないかぎり、あらゆる疑問に対する答えは見つからない……われわれの問題の解決策も」

一行は山腹に到達した。溶岩山の向こうにはコルヴェットが見える。わたしは視線を地平線の果てに向け、宇宙空間を見わたしながら目を凝《こ》らした。だが《ソル》の影もかたちも見えない。おそらく、スプーディの燃えがらの反対側にいるのだろう。

そのかわり、べつの興味深い発見をする。ルートをわずかにはずれたため、偶然に洞窟を見つけたのだ。さらに方向を転換し、洞窟のすぐ上を漂う。入口のすぐ奥は見通しのきかない闇が支配していたので、装置を洞窟の奥に向けた。なにか見つかるかもしれないという期待からではなく、ただなんとなくそうしたのだ。それゆえ、質量走査機がはげしく反応をしめしたときの驚きは大きかった。

「アトラン！」わたしは興奮して叫んだ。「なにかを見つけました。洞窟です。扉でふさがれているようです」

「身をかくすのだ、メルボーン」アトランがそう叫ぶと、ほかのメンバーの先頭に立ち、浮遊しながらわたしに近づいてくる。「きみはまさに標的を買って出たようなもの」

わたしは驚いて、洞窟のはしに向かい、そこで姿勢を低くする。だれかの笑い声がしたが、だれだかわからない。

ほかのメンバーも同様に開口部の縁に分散し、計測を開始。

「たしかに、ここを進むと扉があります」トレッシンが事務的に告げた。自身の装置に完全に集中している。突然、警告を発するように叫んだ。「そこでなにかが……扉が開きます。ロボットが押しよせてくる！」

視覚ではとらえられないものの、装置が変化をしめす。

「退却だ！」アトランが命じた。

わたしはすぐに行動にうつり、インパルス・エンジンを作動させた。空に向かって急上昇する。ほかのメンバーも同時にスタートしたのが見えた。ただ、かれらは低い高度をたもち、ジグザグ飛行さえしている。どうやら、容易な標的とならないための工夫らしい。わたしもこれにならう。地上に近づき、仲間に追いつくと、速度をおさえた。

「ひとりいないぞ」トレッシンの声がヘルメット・テレカムを通じて響く。「メルボーンは？」

「ここです」と、わたし。

スワン、ヘルウィン、スラガーが次々と名のりでる。そのあいだ、わたしは砲塔のある溶岩山腹の洞窟に視線を向けた。そこから、クモ型ロボット数十体が文字どおり湧きだしてくる。それどころか、ロボットにかこまれた人の姿さえ見えたような気がした。

「アトランが出遅れた！」トレッシンが確信していう。「助けなければ」

「なにをいっているのだ?」ハロックが割りこんできた。「なぜそんなことがありうる? アトラン、応答してください! なにがあったというのです?」

「わたしに近づくな」と、アルコン人。「だれも介入してはならない。わたしは、みずから捕まったのだ」

「どうかしている!」

「信じられない!」

「自殺行為だ!」

「アトランは正気を失ったのか?」

「自分がなにをしているのか、わからないのだ」

「ばかな!」

ヘルメット・テレカムから押しよせる声の洪水に頭がくらくらする。それでも、ほかのメンバーが驚きを表現し、無意味にしゃべりつづけるあいだ、わたしは行動した。アトランがみずから捕まったというのは信じがたい。出遅れたあと、われわれを危険にさらさないために自身を犠牲にしたにちがいない。

長く考えることなく、わたしはただちにスタートした。洞窟の入口周辺に群がるクモ型ロボットの大群に向かって、一直線に突進する。

「アトラン、いま行きます!」わたしは叫んだ。自分でも自身の声とは思えない。「あなたを見殺しにはしません」

「メルボーンか？」アルコン人の声だ。「もどれ、青二才。わたしは自分の意志で捕まったのだ。わかったか？　だれか、このおろか者を捕まえてくれ！」

「メルボーンが戦死する前に阻止しますとも」トレッシンの声が聞こえた。

視線をわきに向けると、宇宙服を着用したふたつの姿がインパルス・エンジンを作動させ、あとを追ってくるのが見えた。わたしは歯を食いしばり、視線を正面にもどす。砲塔のある溶岩の丘がすでに不気味に迫っていた。エンジンを切り、反推進力を利用して、ゴール地点を通りこさないようにしなければ。

目の前に、クモ型ロボットがはっきりと見えた。三分の二はすでにふたたび洞窟のなかに消えたようだ。アトランの姿はもうまったく見えない。ブラスターをかまえた。なにがあろうと決心は変わらない。アルコン人を助けなければ。ところが、発砲する前に、ロボットが数回光るのが見えた。

まばゆい稲妻が目の前で爆発し、ひどい衝撃をうけた。まるで、全速で壁に衝突したかのようだ。

どれくらいのあいだ、麻痺していたのだろう。ふたたび意識がはっきりしたとき、スローモーションのように、ぎざぎざの溶岩地層に向かって落下していた。周囲ではブラスター・ビームのような稲妻がひらめく。どうやら、ハロックとその部下がわきから忍びより、援護射撃をしてくれているようだ。

「墜落します！」マイクロフォンに向かって告げる。自身の声がまるで催眠状態にあるかのように聞こえた。「自力ではもう……」

声にならない。はげしくもがき、耐圧服を探った。だが、うまく制御できず、反重力装置のスイッチをいれることすらできない。そうすれば、落下をくいとめることができるのだが。まるで方向感覚を失ってしまったかのようだ。

それでも、ぎざぎざに切りたった溶岩構造体が容赦なく近づいてくるのがはっきりと見てとれた。なぜ、こんなことになるのか？　アステロイドには、わたしをこのような力で地表にひきよせるほど強い重力などない。ありえるとしたら、ビームが命中した勢いでべつのコースに投げだされ、インパルス・エンジンがとまる直前、この方向に押しだされたのではないか。

因果関係ははっきりと目の前にあり、これを頭のなかで再構築できた。そのあいだも、わたしは破滅をもたらす軌道を描いていく……スプーディの燃えがらの地表に墜落すれば、致命的なはず。

この打ちのめされるような認識にもかかわらず、まったく恐れを感じない。驚いたことに、突然、すべてが非常にゆっくりと進むように見えはじめる。なぜか、ばかげたたとえが頭に浮かんだ。からだが思うように動かないいまの状態を、まるで、水宮殿の壁が液化したなかで泳いでいるようだと思ったのだ。

まったくのお笑いぐさだ……わたしは実際に笑った。

地上を進む人影がこちらに近づいてくる。わたしと同じ目標に向かって歩いてくるようだ……〝泳いでいる〟というべきか。いずれにせよ、たがいに接近していて、衝突は避けられそうもない。

人影はしだいに大きくなり、ついに巨人と化した。太く力強い腕が、こちらに向かってのばされる。わたしは落下しながら、その腕につかまれた。衝撃をうける。衝撃は痛みをもたらし、髪のつけ根から足の爪先まで通りぬけた。

それでも、わたしは助かったのだ。

命の恩人はクランドホル語でこう告げた。

「いま、こちらはきみたちと同じ周波を使っている。調整には長くかかった。よりによって、スプーディ船の技術者がわれわれを助けにやってくるとは、知るよしもなかったから」

命の恩人がいったことは、支離滅裂に聞こえた。クラン人の言語を話したからというわけではない。内容が問題なのだ。

だが、スプーディの燃えがらの地上におろされ、命の恩人の顔を見たとき、ついにわたしは自身の正気を疑った。

その顔は人間のものではなく、狼に似ていた。ライオンのたてがみに縁どられている。わが命の恩人は巨人だった。

クラン人だ。ひとりだけではない。第二のライオンのたてがみが視界にはいった。

「あなたがたは?」わたしはたずねた。

「クラン人さ。きみにはわかるはずだが」命の恩人がいった。「わたしはファールウェッダー。こちらはアルクスだ。ヌルヴオンやダロブストやほかのメンバーは、きみの仲間といっしょにいる」

「なるほど」と、わたし。ほかになにがいえるというのだ?

「メルボーン、けがはないか?」インターコスモがヘルメット・テレカムから響いた。聞き慣れた声だ!

「わたしは正気を失ったのではないかと、スワン」と、応答した。「クラン人ばかりが見えます」

「それなら問題ない」スワンが笑いながら応じた。「クラン人が援護射撃をし、クモ型ロボットを追いはらってくれたのだ」

「アトランも助かったのですか?」わたしはたずねた。

「いや。本人が救出をきびしく禁じたのだ」ほかの声が答える。トレッシンの声とわかった。「青二才のきみがこの禁止命令を守っていたなら、こんな骨折りはせずにすんだものを。アトランは、実際にみずから捕まったのだ」

「みなさん、気はたしかですか？」わたしは理解できずにいった。

「きみが理解できるなんて、だれも思ってやしない」トレッシンがけなすようにいう。

「若者にそんなにきつくあたることはないだろう」と、スワン。「われわれのだれも、はじめはアトランのやり方を認めなかったのだから。すぐにそちらに行く、メルボーン。クラン人の言語で話したほうがいいだろう。さもないと、かれらの気分を害する」

ほかのメンバーの到着を待つあいだ、わたしはファールウェッダーにたずねた。

「どうやってここにやってきたのですか？」

「自慢できるような話ではない」クラン人が後悔の念に打ちひしがれたようにいう。

「それでも、話してきかせよう」

「全員がわれわれの拠点にきたところで、話してもらえないか」ハロックが介入してきた。コルヴェットのパイロットなので、アトランが不在のさいは指揮権を持つ。

トレッシン、スワン、ヘルウィン、スラガーが到着するまで、長くはかからなかった。クラン人も五名、同行していた。

スワンは、診断装置をわたしの宇宙服のポジトロニクスに接続した。身体機能をチェックするためだ。真剣な顔をしていたが、数分後には緊張を解き、装置をとりはずすと、満足そうにほほえみながら告げる。

「軽い脳震盪《のうしんとう》を起こしたものの、なんとか回復したといったところだな。ただ、宇宙服は着替えないと。装備は充分ですね、ハロック？」

「まったく問題ない」

一行は、コルヴェットの着陸地点付近に設営された拠点に向かって出発した。途中、破壊されたクモ型ロボット数体のそばを通りすぎる。

わたしはクラン人たちに向かって、いった。

「破片と化して見つかった例のロボットをだれが撃ったのか、これでわかりましたよ」

「非常に洞察力の鋭い結論だな」と、トレッシン。

わたしは、クラン人の話を聞きたくてたまらなかった。とはいえ、ほかにもっと楽しみがある。カエラに会えるのだ。

7　ファールウェッダー

「クラン人が自身のためにみずからできないことを、ほかの何者にもさせてはなりません」わたしは堂々と宣言した。

「いいモットーだな」公爵ツァペルロウが賞讃するようにいう。

「まったくそのとおりだ」公爵カルヌウムが同意をしめした。

「きみはつねにそれにしたがって行動してきた、ファールウェッダー。それゆえ、きみと妻ドリネオのほか、きみたちと仲のいいレルシンとダロブストの夫妻を呼びよせたのだ」公爵グーがそう告げた。「さらなる理由は、われわれクラン人が遺憾にもいまだに、もっとも責任の重い任務のひとつに異人の力を借りているという事態だ。みずからの手中におさめようと実際に試みもせずに。これはじつに恥ずべきこと」

公爵グーは、われわれ四名を順番に見つめた。その視線におちつかなくなる。いまの話がなにを示唆《しさ》するものか、よくわからない。噂だけは耳にしていた。そんなものはあてにならないと思ったが、実際、われわれは極秘裏に三公爵の前に連れてこられたのだ。

公爵たちがわれわれを迎えたのはクランではなく、第一艦隊ネストだ。かれらもまた極秘のうちに到着していた。おもてむきには、三名は惑星にいるとされていたが。

「なんの話をしているのか、わかるか?」公爵カルヌウムが探るようにたずねた。

「最重要課題についてということはわかります」わたしははぐらかすように答え、こうつけくわえる。「極秘事項であることも」

公爵たちはたがいに顔を見あわせた。ツァペルロウが口を開く。

「本題にうつろう。スプーディ輸送の件だ。この輸送は、わが種族に属さない技術者チームが担当している。スプーディ船にいる公爵配下の宙航士たちは、ただ船の制御をになうだけ。船内におけるもっとも重要な乗員は、ヴァルンハーゲル・ギンスト宙域でスプーディを採取するチームだ。かれらもまたクラン人ではない。この状況をこれ以上、傍観するわけにはいかない。クラン人がみずからスプーディを採取する可能性を見つけるべきときが訪れたのだ」

わたしは啞然とした。

「きみもこの意見に賛成ではないのか、ファールウェッダー?」公爵カルヌウムがたずねた。

「スプーディの採取と輸送は、ただスプーディ船によってのみ遂行されると思っていました」わたしはうろたえてそういった。「そうでなければ、なぜこれが何百年ものあいだ、維持されてきたのでしょう？」

「これまでは、それが有効だったから」と、公爵グー。「だが、スプーディ船に依存せず、ヴァルンハーゲル・ギンスト宙域からスプーディ・フィールドをとりこむ可能性が見つかったようなのだ。もちろん、これはクランドホルの賢人に知られることなく、実行されなければならない。そのため、極秘裏に進めることを重要視する。この任務を種族のためにひきうける用意はあるか？」

なんという質問だ！ もっとも、これは実際には質問でなく命令なのだ。ただ、わたしには伝統的方法以外でスプーディを採取できるとは、いまだに信じられない。

「旅の準備はすべてととのっている」と、公爵ツァペルロウ。「《インガデム》に乗りこみ、ヴァルンハーゲル・ギンスト宙域に向かうあいだに第一艦長のフェルンゴから、さらなる指示を得るのだ。もちろん、ベストメンバー二十名を精鋭チームとして連れていってかまわない。まだなにか質問があるか？」

もちろん、自身の艦で飛びたい。だが、公爵はいずれにせよ、そうさせないだろう。ならば、これを口にしないほうがいい。

「きみたちの任務は詳細にいたるまで周到に用意されている」と、公爵グー。「計画担当者は、あらゆる可能性を考慮にいれた。クラン人自身でスプーディを採取するのがそもそも可能ならば、きみたちの任務もうまくいくだろう。成功を祈る」

「もうひと言、いっておこう！」公爵カルヌウムが、すでに退出しようとしていたわれわれに呼びかけた。「たとえクランドホルの賢人に知らせないとしても、これは賢人にはむかう行動ではない。事後承諾を得るつもりだ。念頭にあるのは、われら種族の幸福のみ。スプーディ船はいつの日か故障するかもしれない。そうなれば？」

カルヌウムの声には、いささか皮肉がこめられているように感じた。それでも、それに関してさらに考えることはしない。公爵を非難するなど、わたしにはできないから。

＊

ヴァルンハーゲル・ギンスト宙域に向から飛行中、わたしはチームメンバーとともに、居住セクターの一部を割りあてられ、そこから出ることを許されずにいた。フェルンゴ第一艦長は、任務の詳細についてはヴァルンハーゲル・ギンスト宙域に到着後、はじめて明かすといった。自身の指揮権と機密保持法を盾にとったのだ。そのため、われわれには任務についての推測をめぐらす時間が充分にあった。

スプーディの〝採取〟がどのようにおこなわれるのか、だれも想像もつかない。だれもが、この計画の成就について不安をかかえていた。成功をまともに信じる者などひとりもいない。それでも、だれもがわずかなチャンスさえ利用するつもりだった。

ようやくヴァルンハーゲル・ギンスト宙域に到着した。

フェルンゴは第二艦長とともにわれわれを訪れ、こう説明した。

「出撃はしばらく延期する。運悪く、たったいまヴァルンハーゲル・ギンスト宙域にスプーディ船が到着したのだ。しばらく《インガデム》は対探知の楯にとどまらなければならない。この機会を利用し、きみたちに任務の詳細を知らせようと思う。まずは、これまでのいきさつを聞いてもらいたい」

フェルンゴはこう語った。すでにあるクラン艦が似たような任務を帯びてヴァルンハーゲル・ギンスト宙域に向かい、ここにアステロイドを発見した。ところが、そのアステロイドに着陸したさい、かくされた防御装置の射程内にはいり、艦は破壊されたのだ。最後まで連絡をとりあっていたべつの艦が、この悲劇の一部始終を記録した。

われわれはこれらの資料を映像として見ることで、罠におちいった艦の潰滅を追体験する。それから、フェルンゴは評価結果をしめした。

宇宙船十六隻ぶんほどの長さのアステロイドの地図には、すべての防御施設が表示されている。一部は分析され、その戦闘力までわかる。可動戦闘マシンもあった。数は正確にはわからないが、千体ほどだろう。

「警告システムと防御装置は綿密に練られたもの」フェルンゴが説明する。「ある程度の大きさがある物体だと、武器システムを作動させることなく天体に着陸するのは不可能だ。たとえ搭載艇の大きさであっても、確実に破壊される。それでも、われわれはこの防御施設の盲点を見つけた。計算によれば、クラン人ひとりならば認識されることなく、アステロイドに到達することが可能なのだ。突撃部隊を送りこめば、気づかれることなく天体内部に侵入したのち、制御センターに到達し、防御施設のスイッチを切ることができるだろう。それがきみたちの任務だ」

「われわれ、スプーディ採取のために選ばれたと思ったのですが」わたしは反論した。フェルンゴは代行に返答をまかせた。第二艦長はウェーラデルという小柄な男だった。つねに、にやにやしている印象で、そのため愛想がいいというよりは、感じ悪く見える。

「綿密な保安対策なくして、スプーディ採取もない」第二艦長が説明した。「われわれ、スプーディ・フィールドについてほとんど知らないため、採取チームのように躊躇《ちゅうちょ》なく前進できないのだ。不確定要素が多すぎる。そのひとつが、この防御のしっかりしたアステロイドだ。われわれはこれをヴァルンハーゲル・ギンスト要塞と名づけた。略してヴァルギ要塞だ」

「つまり、スプーディ船の技術者たちがこの要塞を建設したということですか？」わたしは疑うようにたずねた。

「それはないだろう」ウェーラデルにそういわれ、わたしは安堵した。この考えは、わたしには耐えがたいものだったから。「だが、建設したのがだれであろうと、ヴァルギ要塞がスプーディ・フィールドを守るために築かれ、クラン人がスプーディを採取するのを不可能にする施設が存在する事実は排除できない」

わたしは理解し、うなずいた。ヴァルギ要塞の防御施設が機能しなくなれば、採取チームの独占を阻止するチャンスが生まれる。

これで、われわれの任務の背景が明らかとなったわけだ。

「いつ出撃するのですか?」わたしはたずねた。

「スプーディ船がヴァルンハーゲル・ギンスト宙域をはなれて、クランドホル星系に向かったらすぐに」フェルンゴが応じる。「そのときが訪れたら、きみたちに教えよう。それまで、居住セクターをはなれてはならない。艦長十名のうち、われわれのほかには、だれもこの任務を知らないのだ。待機がそれほど長びかなければいいのだが」

＊

われわれには、ヴァルギ要塞の地表に到達するための、複雑なぬけ道を頭にたたきこむ時間が充分にあった。アステロイド自体に存在する安全地帯についても。

「ひたすら見つからないように配慮するのだ」というフェルンゴの言葉を、われわれは肝に銘じた。「警報が鳴り、可動警備兵がさしむけられたら、きみたちの負けだから」

天体表面について充分に解明できたとはいえ、内部構造については、われわれはなにも知らされずにいた。だれが要塞を建設したのかという疑問も未解決のままだ。平たい楕円形のボディを持ち、六本脚を使って移動する戦闘マシンの形状からは、ほとんどなんの情報も得られない。

「それらすべての質問に対する答えを見つけるのが、きみたちの任務だ」フェルンゴはわれわれを迎えにやってくると、如才なくそう告げた。

第一艦長はこんどもまた、代行ひとりしか同行させていない。ふたりに案内され、われわれは人気《ひとけ》のない通廊を進んでエアロック室に行った。そこには宇宙服が二十四着用意されていた。それぞれに名前が書いてある。試着してみると、どのメンバーのからだにもぴったりだとわかった。ここでもまた、われわれの世話をする者はだれもいない。

「まるで幽霊船にいるみたいだわ」妻のドリネオが冗談をいう。それでも、フェルンゴとウェーラデルは表情を変えない。

「エアロックは遠隔操作される」と、フェルンゴ。「きみたちは、今後もわれわれのどちらかとコンタクトをとるのだ。ひとりはつねに通信機の前で待機するから」

「大げさすぎる気がします」と、アルクス。

「ならば、きみはわれわれの任務の意味を理解していないようだな」ウェーラデルが応じた。「辞退するつもりか？」

アルクスは手を振った。これ以上の議論は無用だと理解したのだ。

われわれはほっとした。ついにこの艦を出ていくことができる。自立できるのだ。考える時間はたっぷりあった。この任務について長く考えれば考えるほど、疑惑が浮かんでくる。公爵の決定をあえて批判しようとは思わないが。それでも、公爵たちもこの件に関しては、間違った選択をしたような気がした。

この計画は賢人になにも知らせずにはじまったのだ。どう弁解しても、これが正しいわけがない。賢人はつねにわれわれのためになるような忠告をしてきたではないか。

わたしは一息ついた。ついにエアロック室をはなれ、宇宙空間に出たのだ。アステロイドの地表にたどりつくまで完全に沈黙を守るよう命じられていたため、わたしは仲間と身振り手振りで情報交換をした。ドリネオは、いつものごとくわたしのそばをはなれない。彼女と夫婦になってずいぶんたつが、これまで子供を持つことについて考える時間を見つけられず、それに関する話は何度も延期せざるをえなかった。この任務が終わったあかつきには、ふたりの将来の計画をついに実現させたい。

《インガデム》から要塞アステロイドまでの移動は、非常に時間がかかり、最大の集中力を要求された。第一に、艦は安全距離をたもつ必要があり、第二に、このかなりの距離の移動をわずかなエネルギー消費で切りぬけなければならなかったから。おまけに、遵守《じゅんしゅ》しなければならないルートまで定められていたのだ。たがいにはなれすぎないように、われわれは安全索につながれていた。

永遠に思われた時間が経過し、ようやくヴァルギ要塞に到達する。結局、警告システムはわれわれには反応しなかった。指向性通信でコード化されたインパルスを送る。ぶじの到着を知らせるものだ。

これで、任務の第二段階がはじまった。これまでよりもはるかに危険が増す。アステロイド内部への入口を見つけなければならないのだ。エアロックの位置はすべて把握してはいるものの、当然のことながら、それらは利用できない。

このため、溶岩の塊りを溶かしながら、通路を確保する。慎重にことを進めたが、順調に成果をあげ、ついに頑丈ではない金属壁に到達。これを撃ちぬき、切りとった部分をハッチがわりにする。こうして、要塞内部に通じる専用の入口を手にいれた。

このハッチの奥の空間はからっぽで、ほかのセクションでわれわれを待ちうけているものに関する情報はまったくない。文字どおり空《から》っぽ、すなわち真空なのだ。

それで思いだしたが、タンクの酸素量には限界がある。そのうち半分はすでに消費してしまった。ゴールにどれくらい近づいているかも知らないまま。

このとき《インガデム》から呼びだしがある。

なにかが起きたにちがいないと、すぐにわかった。フェルンゴが理由もなく、われわれを呼びもどしはしないから。当然ながら、アステロイドの監視者による危険が迫っていると考え、ただちに地表にもどった。

そこで待ちうけていたのは、愕然とする光景であった。

アステロイド上空に《インガデム》よりも小規模な異宇宙船が出現していたのだ。とはいえ、宇宙船というよりは、惑星上で使用する飛行物体に見える。主翼、つまり大気圏内の飛行用につくったような翼を持つから。

奇妙な船だ。

突然、宇宙空間の奥から、さらなる同種の飛行物体が複数出現し、アステロイドを文字どおりとりかこむ。

この状況で防御処置を講じるのは、実際に大げさだろう。ゆえに、通常通信で《インガデム》に問いあわせてみる。

「異飛行物体の出現はなにを意味するのですか？」

「かれらは、ヴァルンハーゲル・ギンスト宙域からすべてのスプーディ・フィールドを一掃したようだ」フェルンゴが同じ方法で返答した。

「どうすれば、それが可能なのでしょう？」わたしは驚いていった。

「ただスプーディ塊を採取しただけ……これ以上、いい説明は思いつかない。こんどは、ヴァルギ要塞に狙いをつけたようだ。ただちに艦にもどったほうがいい」

「どうやって？」わたしは皮肉をこめていう。

「そちらに近づき、搭載艇を送りだす」と、フェルンゴ。「異生物はわれわれをすでに探知したにちがいないが、まったくこちらに注目していない。どうやら、興味があるのは天体だけらしい。まるで、搬出の準備をととのえているかのようだ。かれらの気をそらすようにする。そうすれば、搭載艇を通過させるだろう」

「かれらの注意をひかないほうがいいですよ」わたしは警告した。

だが、傲慢なフェルンゴはわたしの忠告に耳をかたむけない。そのため、大きな代償をはらうことになる。

《インガデム》がアステロイドに接近し、救助艇を射出しようとしたさい、異飛行物体はポジションを変えることなく、戦いの火ぶたを切った。まるで、わずらわしい闖入者《ちんにゅうしゃ》を片手間にやっつけるかのように。

《インガデム》はエネルギーの稲妻につつまれ、消滅した。

こうして、われわれはヴァルギ要塞で身動きがとれなくなった……不充分な装備、かぎりある食糧と酸素しか持たずに。

とはいえ、最悪の事態はそれからだった。異生物の攻撃により、アステロイドの防御施設が目ざめたのだ。だが、異宇宙船に対してはほとんどなんの手だしもできない。船から突然、エネルギー・フィールドがのび、アステロイドを完全につつんだから。

エネルギー・フィールドが最大出力に達すると、ヴァルギ要塞は地震のように揺れだした。これでもうアステロイドもおしまいだ。そして、われわれも。

ところが、エネルギー・フィールドは消滅し、ほかのなにかが生じた。実際、アステロイドはほとんど無傷のままだ。それでも、星座の変化から、一種の遷移によってアステロイドのポジションが変わったとわかる。

ところが、これだけでは異生物は満足しなかった。ヴァルギ要塞を牽引ビームでおおい、アステロイドを動かしたのだ。

われわれには疑問がのこった。なぜ、異生物はアステロイドを一度の遷移で任意の目的ポイントに移動させなかったのか。だが、確信する。なんらかのプロジェクターで、分析不可能な種類のビームをアステロイドにさらに照射したにちがいない。

当初、われわれは思った。異生物はこうすることで、あらゆる既存の生命を奪うつもりだと。ところが、われわれになんの悪影響もないと判明する。ビームのことは気にしなくてよさそうだ。

だが、ほかの懸念があった。いまや、目をさましたアステロイドの監視者たちに見つかり、狩りたてられるだけではない。備蓄がつきかけているのだ。あとどれくらい生きのびられるのか、算出できた。

食糧は必要に応じて食いつなぐことができる。だが、呼吸可能な空気は配分などできない。そのため、喫緊《きっきん》の問題は酸素を確保することだった。この無人の天体で酸素が見つかるとは望めそうになかったが。

ところが、ふたつの点で思い違いをしていた。

施設の奥に侵入したさい、呼吸可能な空気に満たされたセクションに到達した……これは、生物がいる証《あか》しだ。

空気の貯蔵庫が見つかったことで、あらたな望みが湧いた。とはいえ、結局、これだけで生存の可能性が保証されたわけではないと思い知る。

というのも、つねに惑星のロボット監視者によって狩りたてられるからだ。そして、すでに言及した奇妙な存在がここにいる。まだ一度も目にしたわけではないが、その存在をただ感じるのだ。どのようなかたちなのか、あるいはそもそも物質なのかさえ、われわれのだれにもわからない。

ただ、その力を感じる。

この〝力〟は……目に見えないものの、はっきりと感じ、つかむことはできないが、つねに存在する……われわれの脳内に忍びこみ、理性を奪おうとするのだ。

その力は狂気の黒い炎となって、心のなかで燃えあがり、意識を混乱させる。

混沌として。

狂気として。

宇宙の光にかけて、われわれは知った。この力こそ、最悪の敵なのだ。

＊

われわれは生存をかけてつねに戦った。

ロボット監視者がこちらの存在に気づいたあとでは、その裏をかくことがだんだん困難となる。それでも、仲間三名を最初に失ったのは、例の力による影響のせいだった。

わたしは、妻のドリネオとキルゴム、アルブラル、エンダーテルという名の男三名をともない、有酸素区域に向かっていた。三名のうちのひとりが見つけたばかりの場所だ。それぞれ、空のボンベ二本を手にしていた。事態が悪化したさいの備蓄とするためだ。監視者が掃討作戦を展開する徴候が見られたから。

われわれは空気室に向かった。われわれがここを知っているとは、監視者は思いもよらないだろう。それゆえ、罠におちいる懸念もなかった。

実際、ロボット監視者の一体にも出くわさない。目的地に到着すると、酸素ボンベの充塡をはじめた。そのとき突然、キルゴムが叫んだ。

「ボンベの圧力が過剰だ！　とめられない」

ありえない。わたしはそう思った。酸素ボンベには安全弁がついているから。ところが、キルゴムが逃げだそうとしたとき、ボンベが爆発。友は命を失った。

すると、アルブラルとエンダーテルがおかしなふるまいを見せはじめ……疑う余地なく、正気を失っていた。はじめは、ふたりの行動をただのショック反応だと思った。黒い炎に破滅させられる、とか、なんとかいっている。エンダーテルが叫んだ。

「気が狂う前に、みずから命を絶つ！」

エンダーテルはこれを実行。ブラスターを自分のからだにあて、発射したのだ。腕が力を失ってもまだ銃が作動していたため、エネルギー・ビームがアルブラルに命中。ドリネオまで、不幸なふたりと似たような徴候をしめす。わたしは妻の閉じた宇宙服の空気供給スイッチをとめた。彼女が意識を失うと、ふたたび酸素システムを調整。妻を腕にかかえ、部屋を跳びだす。

やみくもに走った。目の前に黒い炎がちらつき、視界を奪う。走りつづけ、とうとうこの幻覚から解放され、ふたたび安全だと感じた。

仲間は当初、ドリネオとわたしが正気を失ったと思った……宇宙の光にかけて、実際にもうすこしでそうなるところだった……が、徐々にだれもがこの力の謎めいた影響を感じはじめたのだ。その前にロボット監視者の犠牲者とならないかぎり。

われわれは施設のはずれにかくれ場を確保した。空気室の近くで、監視者に発見される恐れも最小限だ。ここなら、最後の最後まで自力でがんばれるだろう。

一度だけ、かくれ場をかぎつけられたことがある……脳につかみかかってくる、例の危険に満ちた力によって。当初、われわれは不安が高まるのを感じながらも、この特殊な状況のせいだと思っていた。それがしだいに根拠のないパニックと化し、恐怖に駆られて攻撃的になったとき、われわれはいつしか確信した。これには特別な原因があるにちがいない。脳につかみかかってくる見えない力のことをだれもが考えた。観察され、脅《おびや》かされるのを感じた……この場所ではもう耐えられない。そう考え、かくれ場を一時的にはなれようと提案。ドリネオとともに、かくれ場からかなりはなれたところに到達したとき、ようやく力が弱まったのを感じた。

それでも、かくれ場にふたたびもどるまでは長くかかった。われわれを捜索・追跡する監視者の脅威に強いられ、ついに、もとのかくれ場に避難する。次々と、ほかの仲間も姿をあらわした。ところが、ふたりだけはもうもどってこなかった。その後、ふたりの亡骸《なきがら》を見つける。撃たれた跡があった。ロボット監視者が遺体をその場に置きざりにしたのだろう。

長い歳月をともにすごしてきたヴァスカンとプライの夫婦が、亡骸を地表にうつそうといいだした。かれらが死ぬなど、どうしてわたしにわかっただろう！　だれもこの事態を想像できなかった。ふたりはじゃまされずに惑星表面に到達したものの、そこで未知宇宙船のエネルギー・フィールドに捕まり、命を落としたのだ。

このようにして仲間の数は激減し、とうとう二十四名が八名となった。さらに、嘆くべき最後の犠牲者は、わたしに格別な悲痛をもたらすことになる。

ドリネオは、ヌルヴォンとダロブストとともに空気室に向かった。なにごともなく到着し、持参した酸素ボンベを充填したあと、もどろうとしたとき、突然、黒い炎の幻影があらわれたようだ。

三名は、することの可能な唯一の正しい方法を選んだ。逃げだしたのだ。ところが途中で監視者のパトロールを探知し、掩体《えんたい》に逃げこまなければならなくなった。そのさい、ヌルヴオンとダロブストは、わが妻を見失ったという。

ふたりだけがかくれ場にもどってきた。ドリネオがどうなったのかはわからない。実際、心配する理由などなかった。ロボット監視者の出現により、グループのメンバーがはなればなれになることはよくある。それでも不安に駆られ、妻を探しに出た。ひょっとしたら、わたしは知らないうちに未知の力の影響をうけ、パニックに駆られたのかもしれない。実際のところはよくわからないが。

いずれにせよ、わたしは前後の見さかいなく、かくれ場をあとにした。正気を失ったように不安に駆られる。不注意により、数回、監視者に発見される危険にさらされた。あきらめてかくれ場にもどろうとしたとき、突然、通信装置から妻の声が聞こえた。

そこは、ロボットがうようよしている区域なのだ！

かくれ場の外ではどのような通信も致命的であると知る者だけが、わたしの驚愕を理解できただろう。なぜなら、監視者は通信を盗聴し、発信源を探知できるから。通信によるコミュニケーションが可能なのは、かくれ場のなかだけだ。

「ファールウェッダー！　ファールウェッダー！」わが名を呼ぶドリネオの声が聞こえ

る。「異船が消えたわ。わたしたち、ようやくかくれ場をはなれ、地表に……」

その先をつづけられない。ロボット監視者一体に見つかり、殺されたのだ。わたしはロボットに向かって発砲し、この殺人マシンがほとんど跡形ものこらなくなるまで、撃ちつづけた。ほっとしたのもつかのま、心の痛みが和《やわ》らぐことはない。心にぽっかりとあいた穴は、二度と埋まることはないだろう。

ドリネオはあまりにも無意味な死を遂げてしまった！　発見に対する興奮をあとすこしだけおさえ、かくれ場にもどってから異船の出発をわたしに伝えていれば、命を失うことはなかったのに。なぜ、その感情をおさえきれなかったのか！

異船が消え、これで遍在する力から逃れて地表に出られるという吉報さえ、よろこばしく思えない。船が消えた理由にも興味が湧かなかった。

仲間もまたわたしに同情し、だれもももう急いでかくれ場を出ていこうとはしない。ようやく、みずから出発のサインを出し、用意しておいたぬけ穴を通り、グループを地表に導いた。

非常に驚いたことに、ここでスプーディ船の技術者たちがロボット監視者との戦闘に巻きこまれていることに気づく。

われわれはかれらの味方につき、ロボットがエアロックのひとつからアステロイド内部に撤退するまで、ともに戦った。ロボットのこのような退却行動はめずらしい。とはいえ、説明のつく理由がある。監視者は技術者のひとりを捕まえたのだ。正確にいえば、男はみずから進んで捕えられたようだが。

なんと奇妙な種族だろう！

＊

「アルクス、ヌルヴオン、ダロブスト、ミルノル、カールガド、トグ、そしてわたしが最後の生存者だ」こうして、わたしは報告を終えた。可能なかぎり簡潔に、それでも重要事項はもらさずに。報告するあいだ、頭に浮かんだ個人的記憶は、ただわが心のなかのみにとどめた。

ドリネオを失った悲しみは永遠につづくだろう。だが、ほかの者にとってはどうということはないのだ。

わたしは、自身が致命的衝突から救った者に対して発した言葉を思いだし、つけくわえた。

「恥ずかしいことに、きみたちに打ちあけなければならない。知らないとはいえ、ひょっとしたらクランドホルの賢人の利益に反する行動をとっていたのだから」

「罪の意識など感じる必要はない」ハロックが技術者を代表していった。「賢人はもう、元来のかたちでは存在しないのだ。スプーディ船はもうなにも運ばない。いずれにせよ、ヴァルンハーゲル・ギンスト宙域のスプーディがことごとく採取されてしまった事実をべつにしても。というのも、われわれがそれを知るまでもなく、クラン人がスプーディなしでもやっていけるというのは、とうに既定の事実であったから」

「本当なのか？」わたしは、疑うようにたずねた。

「きみたちクラン人には奇妙に思えるユーモアのセンスが、われわれにはあるのかもしれない。とはいえ、この件は冗談をいうにはあまりにもふさわしくない重要な問題だ」ハロックが真剣にいう。「クランドホル公国は、すでに長いあいだ変革されてきたものの、これはほとんど知られていない。それゆえ、この展開はあまりに唐突に見えるが、実際は長期にわたる変革プロセスの結末にすぎないのだ。賢人はくるべき時が訪れたのを知って別れを告げ、後継者として、数百万のスプーディにつながれた男と公爵グーを指名し……」

わたしは腕をあげ、待つように合図を送ると、こう告げた。

「それらのあまりに多くの情報は、当面はわれわれの手に負えそうもない。われわれはきみのいった言葉を事実としてうけとめ、それに甘んじるしかなさそうだ。目下の問題に目を向けようではないか」

ハロックは同意をしめし、こう告げた。

「喫緊の問題はもちろん、陣地を確保し、スプーディの燃えがらの謎を解き、《ソル》

の介入を不要にすることだ」

〝スプーディの燃えがら〟というのはもちろんヴァルギ要塞のことで、《ソル》はスプーディ船の名である。わたしは、これらの表現に慣れはじめていた。

「成功のために重要なのは、もちろんきみたちがわれわれにアステロイドの施設に関するすべての情報を教えてくれることだ」ハロックがつづける。「まず、空気で満たされたセクションに関するデータがほしい。それと同様に、ロボット基地の場所を知らなければ。とりわけ重要なのは、制御センターがどこにあるのかを知ることだ」

「それらすべてに関するわれわれの知識は非常に不完全なもの」わたしは、そう認めざるをえなかった。「これまで、生存をかけた戦いだけで精いっぱいで、そのような些事《さじ》を気にかける時間がほとんどなかったのだ」

「その〝些事〟がわれわれの助けとなり、アトランの命を救えるかもしれない」ハロックはそう告げると、強調してつけくわえる。「二百年もの長きにわたり、クランドホルの賢人であった男だ」

わたしは仲間たちに目をやった。その顔から、だれもがとほうにくれているとわかる。麻痺したような表情である。どうやら、いま聞いた話を処理しきれていないようだ。突然に訪れた情報の洪水……まだ、われわれの不在中に公国で起きたことすべてを聞いたわけではないのだが。

ミルノル、カールガド、トグは、これらの情報についてとりわけ驚いているようだ。

突然、警報が鳴り、ロボット監視者のあらたな攻撃が知らされた。これは、われわれ全員にとり、まるで救いの手のようだった。戦いのあいだは、多くを忘れられる。考えこみ、思い悩む必要はない。

仲間とわたしは最前線に立つべく動く。

ほかのメンバーはすでに攻撃者めがけて突撃したが、わたしはハロックにひきとめられた。

「もうひとつ、わたしの質問に答えてもらいたい、ファールウェッダー。きみが黒い炎と呼ぶ、施設を支配する力とは、なんなのか？」

「わからない」ありのままを答えた。「ひょっとしたら、きみたちはまったく違った反応をしめすかもしれないが、われわれクラン人にとり、黒い炎は死より恐ろしい。忍びよる狂気、恐怖の権化《ごんげ》なのだ」わたしは前方の、攻撃者のいる方向をさししめした。「ヴァルギ要塞の全監視者よりも、われわれにはこの力のほうがずっと恐ろしい」

わたしはハロックからはなれた。忘れたかったのだ。

ミルノル、カールガド、そしてトグは、すでに忘却を見つけていた。永遠の忘却である。戦死したのだ。

あとでひと息つけば、わたしは考えこんでしまうだろう。あの三人は、この種の忘却をみずから進んで探しもとめたのではないか、と。

8　アトラン

通信により、わたしは知ることができた。向こう見ずな冒険にもかかわらず、若いメルボーンはぶじのようだ。

トレッシンの簡潔な報告によれば、クラン人が若者を救ったらしい。わたしはこれについて考えはじめた。クラン人はスプーディの燃えがらにどうやって到達したのか。おまけに、アステロイドのどこにも公国の艦船など見あたらなかったではないか？

「タンワルツェンを関与させないように」わたしは最後にこう告げた。「わたしは正しい道を進んでいるのだから」

ハロックにこのメッセージが伝わったかわからない。というのも、会話中にヘルメット・テレカムから雑音が聞こえたのだ。クモ型ロボットが通信を妨害したとわかる。

ロボットは開いたハッチを通り、洞窟にわたしを追いたてた。前方の二体がうしろ向きで進みながら、パラライザーをそなえた触手をこちらに向けている。さらに二体が背後からわたしを威嚇し、追いたてた。

ハッチを通りぬけたとたん、これが閉じた。わたしの護衛四体をのぞき、ほかのロボットすべてが側道に消える。まったく照明はなく、赤外線探知機を作動させなければならなかった。護衛はわたしのじゃまをせず、武装解除させることさえしない。そもそも経験から、わたしのブラスターの危険度を知っているはずなのだが。施設内では完全に安全だと思っているようだ。

われわれは、まっすぐなトンネルを進んだ。その壁にそい、太いケーブルとそのほかの配線がはしる。それらは規則的な間隔で集まり、もつれてこんがらがっていた。これらの蓋のないスイッチケースは、なにかしらのシステムの分配機ではないか？ あらゆる技術装置が完全に無造作に置かれていて、化粧板も見あたらない。これにもわたしは驚かなかった。この基地は無人だという印象が強まる……生物によって制御されているわけではない。

どうやら、ロボット・ステーションとして構想されたようだ。

こうしたステーションの場合、ロボットには、殺害プログラミング……あるいはより正確にいえば、施設を防衛せよという命令……よりも、研究衝動のほうが強く定められているもの。わたしはそれをあてにしていた。基地内部では、武器の投入により施設を危険にさらすことをロボットに禁じる補足プログラミングがきっとまだ有効だろう。

これらの基本的ロボット原則をたよりに、わたしはみずから捕まったのだ。護衛のひかえめな態度は、この推測の正しさを証明しているように思えた。

われわれはトンネルのつきあたりに到達した。継ぎ目のない金属壁が道をはばむ。行きどまりのようだ。護衛がわたしの背後にさがった。

たちまち、壁全体が天井に向かって滑っていく。すると、その奥に倉庫ホールが出現。奇妙な柱によって支えられているように見える。わたしはホール内に足を踏みいれた。仕切り壁が背後で閉まる。驚いた。護衛がわたしをひとりきりにするとは。やがて、柱のひとつが動きだしたのに気づく。

柱の基礎部から卵形の断片がふたつ、分離したのだ。わたしは魅了されながらそのようすを見つめた。二体のクモ型ロボットだ。それまでからだにぴったりとそって折りたたまれていた多数の関節のついた移動装置が、ひろげられていく。

これらのクモ型ロボットがどれほど卓越した構造を持つか、ここではじめて、わたしにはわかった。折りたたまれた脚部はわずかなスペースしか必要としない。もっとも、ひろびろとしたこのホールでは空間が不足することもなさそうだが。そして、柱状に積み重なることが可能だ。脚部をのばせば、四メートルの高さまでとどく。

すぐに認識した。いま、わたしのもとにきたこの二体は、戦闘マシンではない。前面からのびる触手の先端に銃口はなく、ただ太くなっていた。ガラスのように見える。ロボット二体は、この先端でわたしに触ってきた。どうやら、走査機のようだ。詳細に調べている。わたしはからだを動かさず、されるがままにしていた。

ようやく、ロボットは眼柄を彷彿させるその触手をひっこめると、移動しはじめた。ホールを横切っていく。わたしはそのあとにつづいた。柱状に積み重なったロボットのかたわらを通りすぎながら、詳細にこれを観察し、どの〝柱〟も異なるタイプのロボットで形成されていると気づいた。

違いはほんのわずかで、おもに脚部の先端に見られる。なかには、把握装置のようなものもあれば、なんらかの未知の装置がついているものもある。不快にも武器を連想させるものもいくつかあった。

これらの発見にはたいして驚かない。ロボットの原型が、それぞれ異なる特定の利用目的のために変化させられたのであれば、それはまったく論理的といえるから。

倉庫ホールを出ると、短い通廊を進み、ちいさな部屋に到達した。ここでわたしは赤外線装置のスイッチを切ることができた。見えない光源がグリーンがかった光を投げかけてくる。当初は、わずかにまぶしいように感じたが、すぐに慣れた。あるいは、光がわたしの目にあわせて調節されたのか？

装置に目をやり、驚いた。この部屋は呼吸可能な空気で満たされている。同時に重力がひきあげられ、酸素もろとも、ついにわたしの宇宙服にあわせた値《あたい》におちついた。

わたしは満足だった。ロボットがこのような方法で最適な環境を提供しようとしている。これにより、わが推測は正しいと判明した。かれらにとり、異人を破滅させるより研究するほうがより重要なのだ。とはいえ、この順位は特定の状況下では逆転するだろう。たとえば、ロボットがわたしを脅威ととらえた場合だ。

だが、相手にそのような攻撃理由をあたえるつもりなどない。すくなくとも、かれらがわたしに対するのと同じくらい、ロボットを調査することに強い興味をおぼえる。ひとえにそのために、危険をかえりみず捕虜となったのだ。

ロボット二体は側面の脚部で立ちあがると、上部の腕四本でわたしを調べはじめた。四本の先端には三つの関節からなる把握装置がある。それらも、おそらくどのような操作も可能なほど柔軟だ。まちがいなく、この把握装置ならシガ星人のマイクロコンピュータをも分解し、ふたたび機能するように組みたてることが可能だろう。

この瞬間、ロボットがわたしの宇宙服に手をかけた。その意図がわかったので、みずから宇宙服を脱ぎはじめる。すると、ロボット一体は把握装置をひっこめた。

宇宙服を完全に脱ぐと、ロボット一体がこれをうけとり、壁に運んだ。そこから、光るガラス状のテーブルがつきだしている。ロボットはその上に宇宙服を置くと、そこで待機した。

もう一体のロボットが上部の把握装置でわたしをつかみ、高くかかげた。ところが突然、ふたたび床におろすと、把握装置でコンビネーションをいじりはじめる。

なるほど。わたしが宇宙服の下に第二の防護服を着用していることにようやくいま気づいたわけか。ロボットはこれも脱がせたいようだ。わたしはロボットの意図を察し、みずからコンビネーションと下着を脱いだ。これで完全に裸になる。脱いだ衣服もまた、照明された調査用テーブルに移動された。

すると、ロボットにふたたび持ちあげられた。天井から透明なパイプがおりてきて、わたしは閉じこめられる。パイプが床までおりると、こんどは反重力フィールドにとらえられ、上下に揺さぶられた。そのさい、不快感をおぼえたが、徐々におちついてくる。悪影響を感じなかったから。

このアステロイドにいるというクラン人たちのことを思った。かれらもまた、このような検査をうけさせられたのか。その後はどうなったのだろう？　かれらがこれを生きのびたことは、わたしにとり吉兆だ。それでも、長いあいだ不安にさいなまれた。わたしのメタボリズムについてすべて知るために、早晩、生体解剖するつもりではないか。

ようやく、パイプがわたしを解放し、天井に消えた。ロボット二体は部屋を出ていく。衣服は、照明された調査用テーブルの上に置かれたままだ。

わたしは、まず待つことにした。

まもなく、ふたたび天井からエネルギー・チューブがおりてきて、床に達すると、腰の高さまで縮んだ。その表面に、指先の大きさほどの錠剤が置かれている。

わたしは笑みを浮かべながらこれを手にとると、ためらうことなくのみこんだ。味はしないが、栄養とビタミンが豊富にふくまれているにちがいない。この点では、からだを調べたロボットの分析を信頼している。

突然、驚いて気づく。かれらは、人間の、あるいはアルコン人の肉体が特定の休息を必要とすることを発見したようだ。このように見ると、かれらがわたしに栄養剤とともに催眠剤を投与したのは論理的だろう。もっとも、疲労はまったく感じていないが。

ほっとして、思わず細胞活性装置をつかむ。

わたしは完全に裸になったわけではなかった！　かろうじてともいえないが、細胞活性装置を身につけているのだ。ロボットがこれをのこしたままにしたという事実だけで、からだの一部として認めたと推測できる……実際、そうなのだが。

つまり、細胞活性装置を授かったことによる不死といったようなものは、ロボットの設計者にとり、まったく既知のことがらなのか？　これにより、ロボットがすくなくとも高度の発展段階にあるとわかる。

この考察だけでは満足できない。そこで、牢獄を見てまわることからはじめた。これまでの人道的対処にもかかわらず、自身が捕虜、あるいはモルモットのたぐいになったような気がしてならない。

衣服がひろげられて置かれた輝くテーブルのほかに、調度の類いはまったくない。きわめて質素な錠剤の食事を運んできたエネルギー性の台座は、ふたたび天井に向かって上昇し、そこで消えた。

ほかにはハッチがふたつ見えるだけ。これに関心をひかれた。まず、さきほどはいってきたハッチに目をやる。その左側の壁から、十字形にスイッチがならぶ小型コンソールがつきだしていた。コンソールはちょうど目の高さにある。ぜんぶでスイッチは十三個。交差する四本はそれぞれ三つの白いスイッチで構成され、中央には黒いスイッチが鎮座する。

わたしは部屋を横切り、ロボット二体が消えたハッチのそばに似たようなコンソールがあるのを見つけた。ロボットはこの種の操作装置を必要としない。どの機能も通信インパルスで作動するはず。つまり、ここは完全なロボット・ステーションではなく、生物による操作のために用意されたということ。だが、その生物はどこにいるのだ？

こちらをこっそり観察しているのか？　わたしの反応をテストしているのか？　どこか奥にひそみ、異生物であるわたしを研究しようというのか？

かれらの姿かたちはまったく想像できない。施設は、建設者の姿を特定するには、あまりに一般的につくられていた。目の高さにほどこされたコンソールは、かれらの身長がわたしの一・五倍ほどあることを意味するのかもしれない。

次々とボタンを押していく。反応はない。さまざまな組みあわせをためしてみたが、しばらくはなにも起きない。あきらめかけたとき、突然、ハッチが開いた。

これが罠でなければいいが！

長く考えることなく、わたしは調査用テーブルに置かれた装備をひろいあつめ、すべてを着用した。もちろん宇宙服もだ。

ところが、そのあいだに、ハッチがふたたび閉まった。ふたたびスイッチと格闘しなければならない。それでもこんどは、さらなる成果を得た。ハッチが開くと、圧力計が周囲の酸素含有量の低下をしめしたのだ。

とうとう、周囲は真空になった。

施設は、わたしの必要性にあわせて調整されるわけか？

スイッチを先ほどとは逆の手順で操作した。するとハッチが閉まり、部屋が呼吸可能な空気で満たされる。そこで、ヘルメットを開けた。

ふたたび、ハッチを開けるためのスイッチ操作をする。ハッチが滑るように開くと、自動装置がようやく反応し、その奥の通廊も呼吸可能な空気で満たされるまで待つ。

「悪いサービスではないな」わたしはつぶやいた。とはいえ、このもてなしが、どのような状況のおかげなのか疑問だが。

結局、われわれはスプーディの燃えがらの地表で、仮借ないクモ型ロボットとの戦いを強いられたのだ。地表の戦闘はまだつづいているのだろうか。知りたいものだ。とはいいえ、これを知るすべもない。通信はいまもなお妨害されていたから。

＊

まるで、通行許可証を携帯しているかのようだ。どこに向かおうとも、行く手をふさぐ障害はない。活動中のクモ型ロボット一体にすら遭遇しなかった。ときおり、停止したロボットには出くわしたが。手足を折りたたんで横たわるロボットは、眠る人間よりも場所をとらない。

ところどころで、意図的な破壊のシュプールが見つかった。ケーブル類は切断され、金属壁にはビームが命中したような穴がある。クモ型ロボットの残骸が、壁と文字どおり融合していた。

なぜ、修復するための部隊がこないのか？　ロボットには、そのためのプログラミングがほどこされていないのか？

おそらく、これから修復作業が開始されるにちがいない。計測により、被害をうけてからまだそれほど時間がたっていないとわかる。せいぜい三週間といったところだろう。

つまり、ここに侵入したクラン人たちが関与している。故意に破壊したわけではなさそうだ。戦いがあったということ。そうならば、なぜわたしが攻撃されないのか、理解できない。わたしのなにが特別なのか？　クラン人にはないなにが？

それについて頭を悩ますのはむだなことだ。

いずれにせよ、ここでは自由に動ける。真空地帯がいくつか見られた。酸素供給装置が機能していないようだ。最初の崩壊現象か？　そもそも、この基地はどれくらい古いものなのか？

疑問につぐ疑問が湧く。

ヘルメットを閉じるか、個体防御バリアを展開させるかして、真空地帯にも足を踏みいれた。そこにおける損傷はもっともはげしい。ビーム兵器による破壊と老朽化によるものだ。ほかには、この〝死の領域〟ではなにも情報を得られなかった。

しだいに、この基地の規模について見当がついてくる。すべてがさししめすのは、これが球体であるということ。直径は一キロメートルほどだろう……つまり、かなりの大きさだ。

このときまで、わたしは基地周辺部にいたにすぎない。このようにして概観をつかんだからには、中枢に足を踏みいれてみることにした。すくなくとも、わたしは大目に見られているのだから。

ゴールは司令センターだ。それが見つかるのは、もっともしっかりと防御された中枢以外に考えられない。

目的地に向かって進みはじめてすぐに、非常に驚くべき体験をした。

外側通廊をはなれると、連絡通廊を通りぬけ、ちいさな部屋に到達。そこには人ほどの大きさの比較的目だたない容器が置かれていた。蓋は閉まっているが、鍵はかかっていない。開けるのはかんたんそうだ。実際、素手でもなんなく開けることができた。なかをのぞきこんだとき、わたしは息をのんだ。

スプーディだ！

容器にはスプーディ数千匹がはいっていた。ぶあつく、もつれた塊りを形成したスプーディ塊が、容器の半分を満たしている。わたしはひそかにこの手の展開を予想していたものの、まさかこの時点で訪れるとは。

スプーディ数千匹……あらたなチャンスだ。ひょっとしたら、《ソル》に持ち帰り、銀河系人類に贈ることが可能かもしれない。

銀色に輝く極小生物は、かたまって動かないように見えるが、呼びだしにそなえているはず。ひたすら宿主を待っているのだ。スプーディは宿主の体液と交換に、知性の増加をもたらす。スプーディの助けがあれば、人類は予想以上の飛躍を遂げるだろう……

思わず、容器によじのぼり、腕をスプーディに向かってのばす。すぐに、スプーディが動きはじめた。さらに深く腕をのばし、そのうちの一匹に触れる。

たちまち目ざめ、活発に動きだした。四対の足で自由に動きまわり、指によじのぼってくる。わたしは笑みを浮かべて、そのようすを見守った。スプーディは宇宙服にすっぽりくるまれた腕の上をがさごそはいまわり、肩ごしにヘルメットに到達すると、そのうしろに消え、うなじから耳のうしろに進む。わたしは心地よいうずきをおぼえた。

スプーディは共生体となりうる相手の脳インパルスを受信すると、巧みにゴールを見つける。特定場所に住みつくため、髪を押しわけて進み……頭皮の下で、宿主の脳と直接に接触をはかるのだ。

もっとも、そこまでさせるつもりはない。ただ、容器内のスプーディが無傷かどうか確認したかっただけだから。機能するかどうか、と、いってもいいだろう。スプーディを、マイクロメカ的要素を持つ生物とみなすか、あるいは有機的構成要素を持つマイクロマシンとみなすかによるが。いずれにせよ、半有機体なのだ。

わたしは後頭部に手をやり、スプーディが根づく前に、これを除去しようとした。つかんだ瞬間、つぶれるような音がする。指のあいだでスプーディが押しつぶされたように感じた。

だが、それはありえない。それほど強くつかんだわけではないから！　手袋をはめたてのひらを見つめた。そこには、完全に変形したスプーディの姿がある。テラのミツバチとはもう似ても似つかない、不格好な塊りと化していた。

わたしは、ふたたび容器に向かって腕をのばした。こんどは、スプーディ二匹が腕をよじのぼってくる。ところが、二匹が肘にも達しないうちに、腕にわずかな圧力を感じ、なにかをつぶすような音が聞こえた。スプーディ二匹が目の前で、見えないこぶしのようなものによってつぶされたのだ。

容器からはなれ、あたりを見まわす。

なにも見えない。それでも見張られているような気がした。

この基地の建設者がわたしを見おろし、スプーディに対するいかなる実験も不可能だと、このような方法でわからせようとしているのか？

部屋をあとにすると、つづいて、同じようにスプーディがおさめられたかなりたくさんの貯蔵室に遭遇した。とはいえ、ただこれを心にとめておくだけだ。

さっきの不可解な事件が頭からはなれない。

この時点ではまだ、これが次々とつづく不可解な現象のはじまりだとは思ってもみなかった。

＊

わたしは自身の方向感覚だけにたよらず、定期的に方向探知を試みた。実際に中心部に向かっている、つまり、司令センターの推定場所に近づいているかどうかを確認するためである。

わたしは自分の行動に責任を持って、まっすぐ中心部に向かっていると確信していた。

それでも、突然、はじめにスプーディの容器を見つけた部屋にいることに気づく。容器の蓋が開いており、押しつぶされたスプーディ三匹が床に転がっていたので、そうとわかった。

なぜ、こんなことがありうるのか？　理性は……わが論理セクターも……同じところをまわっていたとは認めたくない。とはいえ、開いたスプーディの容器は、わたしが出発点にもどってきたという明白な証拠なのだ。

意識を集中させると、ふたたび見えない目によって監視されている気がした。ふいにからだを方向転換させてみる。不気味な監視者が見つかるのではないかと期待して。

一瞬、部屋の外の通廊のアルコーヴで動きがあったような気がした。炎のように燃えあがる、なにか黒っぽいものだ。わたしは急いで近づいたが、そこにはなにもなかった。感覚がおかしくなったのか？

そうやすやすと、なんでもかんでも幻覚のせいにしたくはない。背後になにかひそんでいるはずだ。これはわが技術装置のせいではないか？　やみくもにその表示にたよったせいで、誤った方向に導かれたのではないか？

わたしはすでに一度通った通廊にふたたび足を踏みいれた。錯覚の恐れがあるものの、こんどは技術装置にたよらず、自身の方向感覚をあてにするつもりだ。

七つのスプーディ貯蔵室を通りすぎたあと、分岐点に到達。前回は右に進んだ。今回も方向指示機は同じ道をさしている。それでも、わが感覚がこう告げる。左に進むべきだと。わたしは感覚にしたがった。

今回、進んだ区域は、既知のものと根本的に異なるわけではない。いたるところで、スプーディの容器に出くわした。蓋は閉まっているものの、しっかりと施錠されているわけではない。

ときおり、壁にしるしをのこした。ふたたび通ったさい、すぐにわかるように。緊張しながら、周囲を正確に観察する。わずかな変化をも見逃さないつもりだ。ところが、奇妙な現象はなにも起きない。通りすぎる施設の単調さがさらに拍車をかけ、警戒心が麻痺していく。

おのれが正気を失っただけなのか。そして、スプーディを押しつぶしたのか？　すでに、そう考えてもいいと思いはじめていた。

あの出来ごとの記憶がまったく突然に、燃えあがる黒い炎の幻覚を脳裏に呼びさます。わたしは叫んだ。あるいは、すくなくとも叫んだような気がした。

黒い炎が頭のなかで燃えている。熱くもなく、冷たくもない。強引でも、占有しようというわけでもない。それでも、意識全体でそれを感じる。

炎はふたたび消えた。燃えだしたときと同様、まったく突然に。心にぽっかりと穴があいた気がした。これをたとえるとしたら、宇宙の真空しか匹敵するものはない。奇妙にも、わたしはいつになくすばやく自身をとりもどした。

黒い炎の記憶は、つかのまの夢のように朦朧《もうろう》としている。精神の空虚感を思いだすことはもうできない。

奇妙なことに、同時におぼろげな興奮をおぼえた。それは胃のあたりがひきつり、からだが発作的に痙攣するという症状としてあらわれた。だが、痛みではない。この発作的おののきは不快でさえなかった。

いまや、見張られているのは百パーセントまちがいない。それだけではない。何者か、あるいは何物かによって、操作されている。

これは、この基地の建設者についての想像をあらたに呼びおこした。異人であるわたしを燃えるような視線で監視しているのだ。

黒く燃えるような視線で！

この現象についての考察にかまけ、わたしはほかのすべてをなおざりにした。基本的な予防処置をもかえりみない。周囲の現実にはまったく注意もはらわずにいた。

周囲のすべてが沈んでいく。ありきたりな表現だが。

そうとでもいわないと、いまごろになって自身がどこにいるのか気づいたことの説明がつかない。あるいは、瞬間移動という、さらなる現象の犠牲となったのか？

この考えを遠ざけた。もはや、この手の推測とはかかわりあいたくない。

現実は、充分に突拍子のないものだった。わたしは巨大なドーム形ホールにいた。ありとあらゆる異質なマシンが文字どおりぎっしりつめこまれ、筆舌につくしがたい混沌が支配する。まさに、荒廃しているとしか表現のしようがない無秩序さだ。

大規模な技術が投じられているにもかかわらず、この基地の司令センターに足を踏みいれたとは、一瞬も信じられなかった。

わたしが目にしたものは、むしろ実験ステーションか、研究所を彷彿させた。

＊

装置もマシンも異質なものばかりだ。その機能と目的もわからない。どれも停止している。一巡するあいだに、あちこちのマシンのスイッチをいれようと試みたが、なにひとつ成功しない。装置のコンソールにも、マシンのちいさな操作エレメントにもエネルギーが通っていない。だれかが、メイン・スイッチを〝オフ〟にしたのだ。

だれかが……

ふたたび見張られているような気がした。以前よりもまして強く感じる。

それにくわえ、この研究所にいるのはわたしひとりではないという感覚がある。もうひとりきりではない。生きている存在が、近くからこちらのようすをうかがっている。文字どおり、肌が触れるほど。その吐息が顔をなでる。見えないなにかが、繊細なクモの巣のように触れた。鳥肌がたつ。

まるでなにごともなかったかのようにふるまおうとした。気にかけないようにするが、それでも意識がはりつめる。

なにかが、そこにあった。

黒い炎だ！

わたしは驚いて跳びあがった。

次の瞬間、心のなかのきらめく炎がふたたび消えた。

わたしは先に進み、無秩序に雑然と置かれている装置類を見つめた。ところが、ここを支配する混沌には特定の秩序があると、徐々にわかってくる。これは任意にもたらされたものではない。無秩序ではなく、継続性のある混沌なのだ。

そういうことか。この実験ステーション、あるいは研究所であれ、ここで最後まで働いていただれかが、突然、活動を中断し、すべてを置きざりにしたような印象をうける。研究者はなににによってじゃまされたのか？　それは、いつのことか？　そして、なににとりくんでいたのか？

なんのためにこの研究所は役だっていたのか……この基地全体は？

スプーディの燃えがらにある基地は、ヴァルンハーゲル・ギンスト宙域のスプーディ・フィールドを守るという、ただひとつの目的に特化したものではけっしてない。施設はこの任務を遂行できなかった……状況がさししめすように。

このホールにおける作業は、すでに長いあいだ休止しているようだ。多くの徴候がそれを裏づけている。感覚的な半論理のようなものによって、それを感じる。

周囲を視覚のはしでとらえながら、パトロールをつづけた。意識にふたたび黒い炎のイメージが浮かぶが、もうまつげさえ動かさない。それでも心の奥底では、身を焦がすような熱情のあらがいがたい力を感じた。

未知者は、いますぐそばにいる。全身全霊でその気配を近くに感じた。

緊張が増していく。この瞬間にも対面するかもしれないのだ。その存在はいま背後に迫り、慎重に近づいてくる。接触をもとめると同時に、これを恐れながら。そう……内気な存在なのだ。強いが、自身の弱さをも認識している。ひたすら、わたしというターゲットに向かって慎重に近づいてくる。好奇心旺盛だが、生来、あらたなものに対しては疑り深い。自信に満ちあふれながら、不安そうでもあり、知性と謎をはらんでいる。探究欲がありながら、深くはいりこむことはしない。その存在自体が謎めいていた。

矛盾だらけの存在だ。黒い炎。それは光でもなく、火でもなく、どのエレメントにも分類できない。それでも、すべてを焦がすような情熱のなかで燃えあがる。その感情は渇望の化身……

わが心に宿った、この謎めいた黒い炎！

わたしはなぜ、こんなことを考えている？　だれがこの考えをもたらしたのか？　この不可解な現象にピリオドを打ちたい。もう充分だ。これ以上、こちらのようすをのぞき見させるわけにはいかない。

いきなり振りかえり、背後の存在と対面する。

わたしは動けなくなった。

あらゆる覚悟をしていたが、ひとりの女と対面するとは思いもしなかった。自身の理性を疑い、集中して考える。幻影なら消えるだろう。あらゆる可能性を考慮していた。ただ、この生身の存在だけは考えもしなかったのだ。

驚きが、わたしを文字どおり麻痺させた。状況は相手に有利だ。わたしを充分に長いあいだ観察し、そなえていたのだから……女は対面をもとめている。たとえ、ためらいがちで、おどおどしながらでも……

ガラスのようになにかが割れ、鈍痛がからだを駆けぬけた。周囲には、光の反射をうけてきらめき光るちいさな破片が降りそそぐ。破片もわが精神と同様に、底知れぬ暗い目の黒い炎のなかに徐々に消えていく。

意識を失ったのは打撃のせいではない。おさえきれない欲望と奇妙な渇望をたたえた目にのみこまれたような気がしたせいだ。

9　メルボーン

「われわれふたりの顔をならべて、ひとつにして鏡で見たら、ひとりのバーロ人に見えるだろうね」

「それはすくなくとも、ヘルメットをはずせるようになってからでないと、メル」カエは笑った。

〝スプーディの燃えがら〟という名の、居心地悪いアステロイドをはなれる日が待ち遠しい。タンワルツェンが脅《おど》しを実行すればいいのだが。

「援助部隊を送る。スプーディの燃えがらにおける状況にきっぱりとかたをつけるために」ハイ・シデリトはこういったが、ただの大言壮語だ。ハロックも行動を起こそうとしない。アトランはずっともどってこないし、消息を絶ってからというもの、その安否すらわからない。

　われわれはすでに三度、クモ型ロボットとの戦いに巻きこまれた。最初の戦いで、ミルノルル、カールガド、トグのクラン人三名が命を失った。女一名をふくむ生きのこった四名は口には出さないものの、三名はみずから命を絶ったのだと、われわれは確信した。その理由は、かれらが不在のあいだに公国内で起きた変化を知り、これを克服できなかったせいかもしれない。

さらなる犠牲者は出ていない。

ハロックは命じた。さらに情報をあたえることでファールウェッダーとその仲間を苦しめてはならない、ただ、たずねられたことにのみ答えるのだ……可能であれば、いたわるように、あるいはかわすように、と。ところが、クラン人はこうたずねただけ。

「われわれ、クランに連れていってもらえるのか？」

「それは、アトランがもどってから決まります」

「賢人なら、正しい決定をくだすだろう」と、ファールウェッダー。

「もどってくればの話ですが」わたしはうつろにいった。

アトランの運命に関する不安にもう耐えられそうもない。そのうえ、手持ちぶさたで退屈な日々をすごしている。《ソル》との交信が唯一の気ばらしだ。カエとのおしゃべりはべつとして。彼女を愛しているのだろうか？

一度は宿営地からはなれようとしたのだが、見張り役がわたしを見つけ……のちになって判明したとおり……クモ型ロボットの罠にかからないよう守った。これでも懲《こ》りたから、わたしをハロックのそばにとどめておくのに、特別な見張り役はまったく必要なかっただろう。それでも、カエラが見張り役だったので、わたしは逆らわなかった。ハロックは、わたしを通信士として彼女の配下にわりあてたのだ。これにより、通信のないときはカエラに接近するチャンスが訪れる。だが、それは同時に、《ソル》にもどりたいといういらだちと願いを増すことにもなった。

「ハイ・シデリトは、いいかげんになにか手を打つべきだよ！」わたしは怒りをこめていった。

「いまのは命令か？」タンワルツェンの声が通信装置から聞こえてくる。

カエはにやりとし、装置のシグナル・ランプをさししめした。《ソル》との同時送受信中というわけだ。わたしはバーロ痣が熱くなるのを感じた。なにか詫びをいれようと思ったものの、タンワルツェンがすでに先をつづけた。

「もうわたしの忍耐も限界だ。これ以上待ちつづけて、きみたちがロボットの攻撃をうけ、徐々に疲労困憊《こんぱい》して苦境におちいるようすを傍観するわけにはいかない」

「われわれ、苦境になどおちいっていません」ハロックがスイッチをいれ、応じる。「ロボットに動きはないし、長いこと攻撃もうけていない。こちらを包囲したことで満足したようです」

「嵐の前のしずけさだ」と、タンワルツェン。「わたしはすこしの危険も冒したくないし、ロボットのさらなる攻撃を待つつもりもない」

「アトランの命令を守るべきです。それに……」

「アトランから連絡は？」

「いえ、ありません」

「それが、ついに行動を起こすべき、もうひとつの理由だ」タンワルツェンがきっぱりと告げた。「スプーディの燃えがらへの突撃命令をくだすこととする。これは最終決定だ。もう待つのはうんざりだ」

ハロックは、さらなる抗議の声をあげなかった。タンワルツェンを説得しようと試みるのはむだと思ったのか、あるいは、ひそかに同意していたのか。いずれにせよ、これについて意見をいわなかった。

それでも、ほかのメンバーはほっとした。ついに事態が動くのだ。それに応じてチームの雰囲気は高揚したものとなるが、その後はさらなる忍耐を強いられた。永遠に時がつづくように思われたころ、ようやくスプーディの燃えがらの空に、近づいてくる特務コマンドの最初のシュプールがあらわれた。その背景にあるのは、ヴェイクオスト銀河と、見る見るうちに大きくなる《ソル》の印象的な姿だ。

最初は、特務コマンドのインパルス・エンジンの炎が見えただけ。だが、それから次々にことが進み、まもなく最初の影がアステロイドにおりてきた。

よりによってこの瞬間、ロボットの大群が編成され、動きだしたと報告がある。それでも、だれひとりとして、たいして興奮をしめさない。

クモ型ロボットの攻撃は、待ち望まれた決定をただ加速させただけだ。

カエがわたしの上腕に手をかけた。宇宙服を通しても、はっきりとその指にこめられた力を感じる。

10 アトラン

わたしは、花が咲き誇り、草木の繁茂する風景のなかにいた。いや、これは天分に恵まれたデザイナーがパラダイスをまねて設計した住居の景色かもしれない。だが、それは重要ではない。わたしの目は、腕をひろげてこちらに近づいてくる女に釘づけだった。永遠の女性。誘惑の化身。情熱の具現化。それでも、抱きしめようとすれば、黒く燃えあがる炎と化す……

目がさめても、まだなおその存在を感じる。それゆえ、意識を失ったふりをつづけ、薄目を開けてようすをうかがった。

彼女がわたしの上に浅くかがみこむ。肩にとどく黒髪がその横顔にかかり、実際より顔が細く見えた。透きとおるような白い肌が、大きな黒い瞳をきわだたせる。

この目！　わたしは目をそらした。目眩《めまい》に襲われるのを感じたのだ。吸いこまれそうになる。完璧に理想のタイプというわけではないが、信じがたいほど好ましい。

奇妙にもこの瞬間、スワンのことが頭に浮かんだ。この思いについてなんというだろうか。きっと、女性に対する抑圧された願望だと診断するだろう。二百年におよぶ孤独のせいだと。だが、実際はそうではない。わたしには自信がある。

この女の持つなにかのせいで、血がたぎるのだ。強い色香を発している。もっとも、本人は無意識なのだろう。彼女が孤独を感じているのは明らかだ。憂鬱で……おさえきれない欲望をかかえている。知識に飢えているのか、それともたんなる生への渇望か？　はっきりとはいえないが、後者のほうが優勢だろう。その深く黒い目には、高い知性がかくされている気がした。

女は両手をさしだし、わたしの顔にやさしく触れた。これ以上、気を失ったままのふりができずに、目を開ける。彼女は、まるで許されざる行動の瞬間を見つかったかのように、はっとして跳びすさり、わたしからはなれた。

わたしは起きあがって、急いであとを追うつもりだった。驚かせたことを詫びるのだ。ところが、身動きができない。打ちのめされたあと、縛りつけられたにちがいない。割れたガラスの破片を思いだした……女から打撃をうけなかったことも。どうやってわたしを制圧し、なにをもって縛りつけたのか？

あの目だ！

女がふたたびわたしに向きなおった。その目に見つめられ、拘束がゆるんだのを感じる。いまなら起きあがれるだろう。ところが、腕はまだ、組まれたまま、からだからはなれない。もっとも、枷《かせ》自体は見えないが。

わたしは躊躇しながら彼女に近づき、たずねた。

「きみはベッチデ人なのか？」

返答はあったが、まったくの異言語だ。そのさい、ふたたび憂鬱そうな雰囲気があらわれた。悲しげで、助けを必要としている……とはいえ、気の毒な感じはしない。

「年は三十歳くらいかな」と、話しかけてみる。ほかにましな言葉が思いつかなかったから。「《ソル》の乗員ではないな。そして、ベッチデ人の言語も話さない。そもそも、インターコスモはわかるのか？　あるいはクランドホル語はどうだ？」これらの質問をクランドホル語で投げかけたが、返答はない。そこで、こんどはインターコスモでたずねてみる。「きみはだれだ？　どこからやってきた？　どうやってスプーディの燃えがらにたどりついたのだ？　異人の鳥型艦に乗ってきたのではあるまい？」

ふたたび異言語の返答があった。重要なメッセージを伝えようとしているのに、相手が理解できないことに非常に失望している。そんな気がした。トランスレーターさえ、携行していれば……

だが、このような遭遇をどうして考慮にいれることができたというのか！

わたしはさらに話しかけ、彼女は異言語で答える。そのさい、彼女に腕をまわし、守るように抱きよせたい衝動に駆られた。

「わが名はアトラン！　アトランだ！」

わたしの名をくりかえそうとするように、女の唇が動く。数回くりかえして聞かせると、ようやく〝ア・ラン〟と、口をついて出る。

「アトラン」わたしは、ゆっくりはっきりといった。

「アドラン」非常にやわらかい発音だった。

「ずいぶん、うまくなった」わたしは笑みを浮かべた。「で、きみの名は？」

相手をさししめそうとして、気がついた。いまだに腕を動かすことができない。彼女はわたしの必死の努力に気がつき、組んだ腕をじっと見つめた……すると、腕が自由になる。

まるで、パラノーマルな能力を持つかのようだ。

わたしは彼女をさししめし、たずねた。

「きみの名は？　わたしはアトラン」と、自身をさししめしてから、ふたたび彼女を指さす。「きみはだれだ？　きみの名は？」

すると、異言語でたったひと言だけの返事があった。わたしには〝ゲイー〟と聞こえる。彼女は同じ言葉を数回くりかえした。

「ゲシール？」わたしはようやくたずねた。そのさい、第二音節を強調して発音する。

彼女が、力をこめてうなずいた。

「つまり、きみの名はゲシールというわけだ」わたしは満足して告げた。いい名前だといいそうになるが、すんでのところで思いなおす。それが、三十がらみの大人の女性にかける言葉なのか。実際、彼女には子供っぽいところなどまったくない。完全に成熟した色香がある……スワンよ、聞きながしてくれ！

疑問につぐ疑問が湧く。どれくらい長く、彼女はスプーディの燃えがらで暮らしているのか？　ベッチデ人でもなく、《ソル》の乗員でもないとすれば、人類のどの種族に属するのか。どう見ても、人類に見えるのだが。

動きはしなやかだ。態度は誇り高く、強い自信をしめす。自身の存在意義と価値を充分に認識しているかのようだ。それでも、どのような秘密につつまれているのか？　ゲシールは何者なのか？　意思疎通がむずかしいかぎり、どの疑問に対しても答えは得られないだろう。

ゲシールは異言語でさらに話しかけてくる。とはいえ、まるでひとり言のように聞こえた。どれくらい長く、彼女はこうしてきたのか？

ときおり、誇り高き態度が一瞬だけ崩壊した。肩を落とし、文字どおりくずおれる。そのような瞬間、できることなら、抱きよせて守りたいくらいだ。それでも、彼女に触れるのはやめておく。触れたとたん、空気のなかに消えてしまうのではないか。そう恐れていたのかもしれない。

ふたたび、ゲシールが話しかけてきた。こんどは、そのおだやかな声に鋭い響きが感じられる。まるで尋問するかのようだ。その顔にもある種のきびしさがあらわれている。憂鬱さは不信という表情の下に消えていた。

「わたしには、不純な意図などまったくない」と、宣言する。「わたしはスプーディの燃えがらの基地とはなんのかかわりもないのだ。鳥型艦のいずれかでここにきたわけでもない。盗みを働くつもりも、破壊するつもりもない。戦いをしにきたわけではなく、平和目的だ。ただ好奇心に駆られ、ここにやってきただけ」

彼女は耳をかたむけ、なにかいった。その声は、いくぶんおだやかに聞こえる。

「わたしの話が聞きたいか？」と、たずねてみた。「言葉を理解できないのであれば、感覚振動なら感じとれるのではないか」

ありえないはずがない！　押しつぶされたスプーディの件、方向感覚を失ったこと、探知装置の誤作動を思いだした。彼女がこれらの現象をひきおこしたと、疑いなく証明されたわけではないが、可能性はある。パラノーマルな能力に恵まれているなら、ひょっとしたらテレパスあるいはエンパスかもしれない。こちらの感情を感じとることができるならば、わたしを恐れる必要がないことがすくなくともわかるだろう。

ゲシールの信頼を得たい。それゆえ、《ソル》がヴァルンハーゲル・ギンスト宙域に到着した時点からのすべてを話して聞かせた……深く感情をこめて。相手は黙ったまま耳をかたむけていたが、心の動きをしめさない。

彼女は突然、なにかを決意したように腕をあげ、わたしは黙った。ちょうど、クモ型ロボットにみずから捕まった話をしたときのことだ。なにかを理解したのか？

わたしになにやら告げると、動きはじめた。ついてこい、と、いっているようだ。ふたりならんで部屋をあとにした。どうやら、ここは彼女の私室だったらしい。詳細に見てまわったところで、なにもはじまらないだろう。あの巨大な研究所ではないと知っただけで充分だ。ゲシールがどのような衣装を身につけているかさえ、よくわからない。見慣れない服だと思っただけで。

催眠術にかかったように、ゲシールのあとについていく。ゴールにたどりつき、ようやく頭がはっきりした。

ここは司令センターだ。わたしにはすぐにそうとわかった。

＊

ゲシールは、司令センターの自由裁量権をゆだねるかのように両腕を開いてみせた。

〝ご自由にどうぞ、アトラン。思うがままに操作すればいいわ〟と、いいたいようだ。

わたしは彼女をいぶかしむように見つめ、たずねた。

「きみが基地のロボットをわれわれにけしかけたのか？」

返答はない。わたしはそのような行為を彼女になすりつけたことを恥じた。それに、この疑惑は口に出した瞬間、まったく不合理に思えた。

いや、ゲシールはこの基地の支配者ではない。ひょっとしたら、施設を操作し、自身のために利用できるよう、学んだのかもしれない。彼女は、そのための条件を持ちあわせている。充分に賢い。とはいえ、われわれと戦う理由があるのか？　いまや、さまざまな可能性があり、いくつかはこの疑惑に有利な材料を提供するため、これを完全には否定できない。もっとも、ゲシールがロボットを操作できるとすれば、わたしが施設内に足を踏みいれてからというもの、ロボットがわたしに対しまったく敵意をあらわさないのも、彼女のおかげかもしれない！

「わたしが同類だとわかったから、守ってくれたわけか？」わたしはたずねた。

ゲシールはなにもいわずに、さまざまな大きさのモニターがならぶ壁に近づくと、制御コンソールを長年の経験による巧みさで操作した。スクリーンが明るくなり、基地の別のセクションとアステロイド表面が断片的にうつしだされる。

「あれは、わたしの仲間だ！」わたしはそう叫び、スクリーンをさししめした。そこには宇宙服を身につけた数名の姿がうつしだされている。かれらは溶岩地帯の窪地に宿営していた。そのうしろにコルヴェットが見える。仲間といっしょにいる巨人四名も見つけた。「あれはクラン人にちがいない」

「クアン人？」ゲシールがそうくりかえし、唇を噛みしめながらスイッチをいくつか操作する。すると、あらゆるスクリーンが異なる角度から宿営地をうつしだした。思わず息をのむ。クモ型ロボットがぐるりとかこむように隊列をととのえていた。数百体が宿営地を包囲し、ひたすら攻撃命令を待っているように見える。

恐ろしい考えが浮かぶ！　かれらがわが友で、彼女と同類の存在だと、ゲシールはわかっていないのか？　宇宙服のせいで、そうとわからないのか？　宇宙服がそもそも、敵のイメージを彼女にもたらすのか？

ゲシールが驚きの声をあげた。目をやると、震えているのがわかる。その顔には、恐怖に満ちた表情があらわれていた。

わたしは、彼女の黒い目の視線を追った。スクリーンからスクリーンへとうつっていく。いくつかのモニターには、スプーディの燃えがらの地表の一部と宇宙空間が見えた。無数のちいさな影がアステロイドに舞いおりてくる。

「つまり、タンワルツェンが平静を失ったということか」

ゲシールはわたしを一瞥すると、なにか言葉を発し、べつの制御コンソールに向かった。

「待ってくれ、ゲシール！」わたしは叫び、あとを追った。「あれは敵ではない！　わが友だ……ということは、きみの友でもある」

わたしが追いついたとき、彼女はすでにいくつかの操作を終えていた。スクリーンに目をやると、ロボット部隊が動きはじめている。

「やめるのだ、ゲシール！」わたしは必死に叫び、その腕をしっかりとつかんだ。彼女に触れたのはこれがはじめてだ。この身体的接触は文字どおり、わたしを感電させた。それでも、つづけていう。「戦闘マシンをとめろ。きみは戦争の勃発をくいとめなければならない！」

彼女に見つめられた。わが心に、陶酔に震える巨大な炎が燃えあがる。

「どうか、ゲシール、やめてくれ！」わたしは強く訴えかけた。「武器を投入させてはならない。戦闘マシンのスイッチを切ってくれ。たのむから！」

ゲシールはため息をついた。まるで降伏のように聞こえる。彼女のなかでなにが起きたのか？　自身をあきらめる気になったのか？　いずれにせよ、ある決心をしたようだ。

彼女が決定的スイッチを操作した……すると、ロボット部隊が停止する。わたしは安堵の息をついた。

「きみの行動は正しい、ゲシール」と、わたし。「その決心がきみにどれほどの負担を強いたことか、わたしにはわからない。きみのジレンマを知らないから。それでも約束する。きみに不利な結果が生じないよう、なんでもしよう。わたしといっしょにこないか？　《ソル》に乗り、人類の故郷銀河に向かって飛ばないか？」

返答はない。それでも、わたしにはわかる。彼女はスプーディの燃えがらにおける地位を放棄し、わたしに自身をゆだねるつもりだろう。

「感謝する、ゲシール」

はじめて彼女がほほえむのを見た。悲しげな微笑だ。

「これからはもう、きみは孤独ではない、ゲシール」と、声をかける。「わたしはきみの友だ。そして《ソル》では、ほかにもたくさんの友が見つかるだろう」

たとえ彼女が理解できなくとも、わたしはそう告げずにはいられなかった。いつかきっと、わたしのいうことがわかるようになるはずだ……わたしも彼女のいうことが。

11 メルボーン

《ソル》にもどると、アトランはまず部隊を編成し、アステロイド基地からスプーディの容器を船内に運ばせた。すべてを収容するには、《ソルセル＝1》の倉庫三つをあけなければならないほどの量だった。

とりわけ、わたしをよろこばせたのは、アトランがこの作戦行動にバーロ人を投入したことだ。これがバーロ人にあらたに生きる意欲をもたらすといいのだが。とはいえ、わたし自身もそうなると深く信じているわけではない。

スプーディの燃えがらでの出来ごとは、充分な話題を提供した。それでも、このアステロイド基地の謎は未解決だ。ゲシールがわれわれと意思の疎通をはかれるようになり、秘密を明かすまで、謎のままだろう。とはいえ、多くの乗員は彼女が秘密を明かすとは思えずにいた。

謎の女なのだ。

ゲシールと出会い、その目を見た者はだれでも、この意見に同意する。彼女は船内にセンセーションを巻きおこした。もちろん、アトランがゲシールを一居住セクターに隔離したときには、ありとあらゆる噂がたったもの。アルコン人からは、彼女が船に慣れるまで、とりわけ外部影響から遠ざけたいという説明があった。

ゲシールに会った者はだれでも、これを理解することができた。彼女の自己防衛手段は孤独なのだ。とはいえ、ひょっとしたら、彼女からほかの乗員を守るためにも隔離は必要なのかもしれない。

アトランはまた、ゲシールとクラン人生存者四名の衝突をも防ぎたかったのだ。これは容易に理解できる。この謎めいた女はクラン人にまさに悪影響をおよぼすから。かれらがヴァルギ要塞での……クラン人はスプーディの燃えがらをそう呼んでいる……冒険について語り、その背景が明らかになると、すぐにわれわれにもそうとわかった。

ゲシールは、近づく者すべてを虜《とりこ》にする。とはいえ、クラン人ほどのパニック反応をしめす人類はいない。その原因は異なるメンタリティ、精神的あるいは身体的性質の違いにあるのかもしれない。いずれにせよ、わたしはクラン人が複数のスプーディを保持できないことを思いだした。これに対し、人類は損傷をこうむることなくそれが可能である。複数スプーディに正気を奪われるのと同じで、クラン人はゲシールに対し、精神錯乱という反応を見せるのだ。

スプーディの燃えがらにおける出来ごとがこれを証明した。それでも、ゲシールがなゼクラン人に対し、敵意をしめすのかは不明なままだ。

SZ＝1の倉庫がスプーディで満たされるあいだ、アトランはクラン人に説明した。

「遺憾ながら、きみたちをクランに連れていくことはできない。われわれが姿を見せれば、あらたな内政上のいざこざに発展するかもしれないから。だが、惑星キルクールに向かい、きみたちをそこで降ろすことはできる。そこにはクラン人の基地がある」

スキリオンにはこう打ち明けていた。

「これはただ、ベッチデ人のようすを見にいく口実にすぎないのだが」

「ベッチデ人は惑星にしっかり根をおろしているから、このままそっとしておいたほうがいいという話だったのでは？」と、スキリオン。故郷銀河にスプーディを持ち帰るというアトランの計画についての懸念は、もう口にしない。どうやら、この点においてアルコン人を説得するのは不可能だろう、と、あきらめたようだ。

「ベッチデ人の〝根〟を奪うつもりなどない。ただようすを知りたいだけだ」と、アトラン。

「ゲシールのことはどう考えているのですか？」

「重要な情報を得られると期待している」

そのとおりだろう。それでも、その背後にはもっとなにかがかくされている……たとえ、わたしがカエラの意見に同調しなくとも。カエラはこういったのだ。

「アトランはゲシールの虜になっているのよ。彼女はなにか破滅的影響を、アトランに……というか、あらゆる男性にもたらしている。まさに〝魔性の女〟だわ」

カエがゲシールに嫉妬しているのは明らかだ。それゆえ、わたしは彼女にも黙っていた。はじめてゲシールの黒い目を見たとき、なにを感じたかを。この感覚を説明することは不可能だ。

それでも、彼女との出会いにより、ひとつの詩が思い浮かんだ。ひょっとしたら、わたしが感じたことをあらわせるかもしれない。

詩のタイトルは〝黒い炎〟だ。

それはこのようにはじまる。

黒い炎
それは光でもなく
火でもなく
どのエレメントにも分類できない
それでも、すべてを焦がすような情熱のなかで燃えあがる……

キルクールのフィナーレ

ペーター・グリーゼ

登場人物

クロード・セント・ヴェイン……惑星キルクールのベッチデ人。船長
ドク・ミング……同。治療者
ジェルグ・ブレイスコル
フランチェッテ……同。狩人
ウエスト・オニール……同。別名キルクールス・ハンター
バルダ・ウォント
フェンター・ウィルキンズ……同。農民

1

なにかが違う。まぎれもない感覚がそう告げた。ジェルグ・ブレイスコルは深呼吸し、かたわらで眠っている男をつつく。バーガーは答えるかわりに、ただあくびをしただけ。そのまま、平然と眠りつづける。

この老ベッチデ人は、かつては卓越した狩人だった。いまは、本能が衰えたようだ。そのうえ、ジェルグをはげしく興奮させるこの危険も感じていない。

なにがこうもおのれを不安にさせるのか、若者にはわからなかった。夜の景色はこの数時間というもの変わらないし、ここ数分間、なにか特別なことが起きたわけでもない。

二日前に仲間と力をあわせ築いた土塀のかげで、半分ほどからだを起こした。目を凝《こ》らし、闇のなかになにかを見つけようとする。だが、見えるものといえば、しずかにそびえたつロボット基地、すなわち要塞の影だけだ。

いや、そこになにかがある。ジェルグは、自身がほかのベッチデ人よりも敏感なことを知っていた。

突然、投光器の光がきらめく。惑星キルクールの透きとおるような夜の空気のなか、光源だけが見えた。空気はほとんど光を妨げない。実際、反射が生じないほど。数秒後、光が消えた。ジェルグは正確に光源を特定することができた。ななめ背後で、わずかのあいだ輝く光につつまれていた場所だ。

そのあたりには、ドク・ミングの臨時司令室である避難所が位置する。じつは司令室などではないことは、ジェルグ・ブレイスコルにはとうにわかっていた。というのも、ここ数カ月間、ますますベッチデ人の誤った伝統との関係を断ってきたから。かつて《ソル》にいた祖先が呼んでいたとおりに物体を名づけるという伝統だ。

まもなく、基地からはなたれた炎のビームが大音響とともに空をよぎった。ほかの村人に危険を知らせる時間はもうのこされていない。

ビームは一連の木々をなぎたおし、たちまちこれが炎上。すぐに第二弾がくる。

このとき、若いベッチデ人はクロード・セント・ヴェインの意図を理解した。この奇襲攻撃の標的は、ドク・ミングの避難所でしかありえない。炎はまさにその方向にひろがっていた。

老バーガーはすでに目をさましていた。とほうにくれ、助けをもとめるようにあたりを見まわしている。近くの炎が、しわだらけの顔にグロテスクな影を投げかけた。

「やつはドクを殺すつもりだ！」ジェルグはバーガーに向かって叫んだ。

若者は猫の機敏さで跳びあがると、走りだした。治療者が大きな危険にさらされている。というのも、昨晩、脚を骨折し、ほとんど動けない状態にあるから。

ロボット基地からはなたれた炎のビームは、いまもなお森を焼きつくしている。貪欲で死を招く指のように、特定の男を探しているのだ。クロード・セント・ヴェインが攻撃者の黒幕として疑っている男である。これはあながち間違いでもない。

ジェルグ・ブレイスコルは、森をななめに横切り、炎の壁のさらに奥にある地帯に向かった。揺らめく光芒が、鬱蒼とした木々のあいだの道を下生えにいたるまで照らす。そのおかげで、方向の見当が容易についた。

足音と叫び声が背後で聞こえるが、かまっている場合ではない。ドク・ミングが危険な状態にある。走りつづけるうちに、バーガーがあとを追ってきたのだと声でわかった。

避難所は、なだらかな裏道にあった。そこから治療者が、クラン人基地に対する、つまりベッチデ人の〝船長〟に対する作戦行動を指揮している。ジェルグはキルクールの精霊に短い祈りを捧げた。どうか、まにあいますように。

炎のビームがうなり、木々の倒れる音がしだいに近づいてくる。ときおり、光に目が眩《くら》んだ。みずからの本能にまかせ、道をつきすすむ。

大きくジャンプし、自然が形成した堀を跳びこす。あと数メートルだ。

ここの熱さといったら、すでに耐えられないほどである。要塞からはなたれた炎に土《ど》砂《しゃ》が高く舞いあがり、燃える溶岩と化す。森の小動物が恐怖のあまりパニックに駆られ、あらゆる方向に逃げまどう。その鳴き声が、武器の轟《とどろ》きにまじり、甲高《かんだか》く響いた。

目的地に到達すると、小枝でおおわれた避難所はまだぶじだった。最後の高みをひと跳びすると、開いたハッチの前に出る。

「ばかな！　入口が」ジェルグはつぶやきながら、治療者を探した。扇状にひろがった炎のビームの先端が、赤褐色のもじゃもじゃ頭をかすめる。

周囲の騒音は筆舌につくしがたい。いたるところで、木々が折り重なるように倒れた。思ったとおり、近くにはほかにだれもいない。不気味な武器に、ひとりのこらず敗走したのだろう。

避難所内は一見したところ、無人のようだ。ドクが逃げのびていればいいのだが。そう思ったとき、簡素な木製テーブルの下にまるくなって横たわる姿に気づいた。

ひと跳びで、治療者のもとに急ぐ。

ドク・ミングはまだ生きていた。だが、折れた脚を支えるべき、頑強な枝二本からなる副木《ふくぼく》がはずれ、テーブルの脚のあいだにはさまっている。

ジェルグ・ブレイスコルは両手でテーブルをつかみ、床から浮かせた。そのはずみで、ちいさな板に書かれた治療者のメモ書きがいくつか音をたてて床に落ちる。

「助けだしますから」そう声をかけ、年老いた友をはげます。

ふたたび、しっかりつかんだ。もう骨折に配慮している場合ではない。時間がないのだ。片腕でドクの両脚のあいだを支えると、あいているほうの手でその腕をひきよせ、一瞬で背負った。

避難所を出るさい、天井にぶつからないよう、身をかがめなければならなかった。数秒ほど、視界がさえぎられる。

屋外のすぐ近くで、あらたな炎のビームが轟音《ごうおん》とともに森を駆けぬける。

若いベッチデ人が外に出てからだを起こしたとき、荒々しい叫び声が聞こえた。すぐ近くにバーガーが立っている。

「気をつけろ、若いの！」

老人は、両手でジェルグをつきとばした。はずみで、若者は背負った〝荷物〟もろとも数メートルほどわきに跳ぶ。ドク・ミングは肩からすべりおち、叫び声をあげながら、下生えに音をたてて落下。

ジェルグはジャンプして体勢をととのえると、すぐに立ちあがった。

若者は、自分とドクが避難所を出た場所に立っているバーガーの目が、驚きで見ひらかれるのを目撃する。

次の瞬間、太さ数メートルの木が地面に倒れ、老狩人を直撃。ドク・ミングの臨時司令室も瓦礫《がれき》と化した。

危険をかえりみず、ジェルグ・ブレイスコルは老人に近づいた。倒れた木の下から、その上体の一部がまだ見える。

キルクールにおいて、死はジェルグが子供のころからの日常茶飯事《にちじょうさはんじ》だ。それでも、年老いたバーガーの運命に心が痛みであふれた。

かがみこみ、その顔を両手でつつみこむ。

バーガーが笑みを浮かべた。

「元気でな、若いの」ジェルグは瀕死の狩人の最期の言葉を聞きとれるよう、深くかがみこんだ。「われらがちいさな種族を統率してくれ。そして、未来を信じるのだ」

一瞬、言葉がとぎれた。血が口のはしから流れている。それでも、老人はひるまずにほほえんだ。

「やがて《ソル》がくる。そうしたら……」

この最期の言葉は、実際に聞いたそのものよりも多くをジェルグに推測させた。

ふたたび、炎のビームが森をつんざく。

ここではもうなにもできないだろう。

ドク・ミングがからだを半分起こした。地面にひざまずき、死んだバーガーをじっと見つめている。

なにもいわずに、若いベッチデ人はふたたび治療者を背負うと、森の奥に向かった。ビームの発射方向をよけながら。

まもなく、ロボット基地からの砲撃がやんだ。ジェルグはドクを肩からおろした。周囲をふたたび夜の帳《とばり》が支配する。燃える木々の炎はここまではひろがらない。治療者は、毛皮バッグから獣脂蠟燭《じゅうしろうそく》をどうにかとりだした。ジェルグが火打ち石で火をつけ、地面に立てた。

折れた脚にそえられた副木がぶらぶらしている。ジェルグは黙って治療者の脚にふたたびしっかりと固定しはじめた。

作業を終えると、ドク・ミングに水のはいった革製の水筒を手わたす。治療者がひと口飲むと、若い狩人も水を口にし、元気をとりもどした。

ふたりならんで、木によりかかる。

「すまないな」ドク・ミングがささやいた。「もうあきらめるか？」

「あきらめる？」若いベッチデ人はかすれ声でいう。「わたしはけっしてあきらめません。たとえ、あなたが捕まったとしても」

治療者が安堵の息をつくのが聞こえた。

ジェルグ・ブレイスコルの思考がさまよう。すべてはいつ、どのようにはじまったのか？　そもそも二日前のことだ。そう、ひとりつぶやく。

いや。クロード・セント・ヴェインは、ずっと前から非常に奇妙なふるまいをしていた。そこからおかしな出来ごとがつづき、いま、具体的な疑いと化したのだ。

あれは、ジェルグ・ブレイスコルが孤独をもとめて外に出た夜にはじまった……

2

かれは夜が好きだった。農民があれほど恐れる夜が。

村人は、かれを〝雄猫〟と呼ぶ。この呼び名には、祖先たちの機敏で洗練された動物のイメージが結びつく。キルクールには、雄猫あるいは猫に似た動物はいないのだが。ドクの知るところでは、かれの祖先のひとりはもっと猫に似ていたらしい。多くのねじまげられた伝承のひとつによれば、この祖先は〝猫男〟と呼ばれ、名をブジョ・ブレイスコルという。

ジェルグはこの話をたいして信じていなかった。なぜなら、ベッチデ人のちいさな集落で学んだことの多くは、のちに明白な事実の歪曲だと判明したから。

頭のなかで、意識的に〝船〟ではなく〝集落〟と置きかえた。おろかにも事実をめいっぱい否定した現実に生きる年配者たちは、これを〝船〟と呼んでいるが。

ジェルグは夜が好きだ。祖先たちの動物となにかを共有できるから。特定の状況における自身の敏感さもまた、この〝猫〟の特性にちがいない。そう、ひとりつぶやく。

祖先のブジョは特殊能力を持っていたという。ジェルグはこれもゆがめられた伝承の類《たぐ》いに分類した。

すでに何度となく気づいたことだが、夜でも、かれはほかの若い狩人より視界がきく。かれらしく、この認識は胸のうちにしまっておいたが。

今晩は、ある植物を探しに出た。三、四年前に一度、こっそり荒野に出かけたさい、見つけたものだ。いま、かれはちょうど十六歳となり、一人前の男とみなされている。

フランチェッテの謎めいた目を見つめて以来、自身が一人前の男になったことを感じていた。これまで、この少女の存在に気づかなかったのはいまだに謎である。船の……いや、集落だ！……住人二百五十名を全員、知っているというのに。

フランチェッテのせいでおちつきをなくしたことが、危険でないとはいいがたい夜へと駆りたてられた本当の理由だ。少女の気をひくためになにか特別なことがしたかった。

片手で、左肩にかけた弓に触れる。矢筒を背中に感じた。毛皮マントを固定している革製ベルトには、ナイフがさしてある。

ジェルグ・ブレイスコルは草原をぬけ、近くの丘に向かった。そこで、数年前に例の植物を見たのだ。あの植物が自分に力を貸して、幸福に導いてくれるだろう。

目の前にフランチェッテの姿が浮かぶ。少女を惑星の手つかずの自然の壮観さにたとえてみるが、実際に彼女に匹敵するものはなにも見つからない。

近くの物音が注意をひきつける。クビワミフウズラだった。無害な小鳥だ。澄みきった夜で、空には雲もない。気をまぎらわそうとする。本能が告げたのだ。ひそかな思いに没頭しすぎれば、ただ危険をもたらすだけだと。

山の老人が〝スプーディ〟と呼んだちいさな共生体をキルクールの住人が頭部に迎えいれてからというもの、奇妙な変化が自身にもあらわれた。突然、すべてをより正しく明瞭にとらえ、理解できるようになったのだ。なかには、この作用が明確にあらわれたとはいいがたいベッチデ人もいる。自分の場合はひょっとしたら、特定のことがらに対する敏感さと、祖先の動物との感覚的親近性のせいかもしれない。

ジェルグは、キルクールが惑星であることを知っていた。村は船ではないし、〝船長〟の席があるのは司令室ではなく、集落中心部に位置する粗末な小屋なのだ。

毎晩、ほとんどだれにも知られることなく遠出しては、星々を見つめ、ほどなく、漆黒の空に夜ごと輝く星座をおぼえた。

数カ月ほど前のこと、ほかの星々とは違うふるまいをする星をひとつ発見。その星だけがほかとはまったく違う動きをしている。

これにより展開した理論をドク・ミングに披露してみせた。治療者は自身のわずかな記録に目をとおし、こう告げた。それは、キルクール同様に恒星をめぐる惑星にちがいないと。

ジェルグはこの日以来、惑星と思われるほかの星の出現に目を光らせた。実際、さらにふたつを見つけたのだ。三つの惑星にそれぞれ名前を授けた。

サーフォ、ブレザー、スカウティである。

奇妙な特性を持つ植物を見つけた丘が、しだいに近づいてくる。ジェルグは正確な場所を思いだそうとした。だが、時間の経過がじゃまをする。そのうえ、当時はまだスプーディを保持していなかったため、知識の光を誘発されていなかった。

ただちに思いなおす。知識の光となりえるのは、フランチェッテだけだ。そのためにも、メッセージの運び手となる例の植物を見つけたい。フランチェッテが近づくと、ただならぬ息苦しさに襲われて、なにもいえなくなるのだ。

彼女のように平静でいられたら!

おだやかな丘腹をのぼると、ジェルグはふたたび夜の空に視線を泳がせた。

視線が急にとまる。

特徴ある三惑星の上方に、そこにはないはずのちいさな点が輝いていた。

第四の惑星か?

厳密に記憶をたどる。そうだ、実際に新しい惑星を発見したのだ。一瞬、フランチェッテや、自分の心模様をしめしてくれる植物のことさえ忘れた。

「名前をつけないとな」しずかにひとりつぶやく。

フランチェッテのことがふたたび頭に浮かんだが、新しい惑星に少女の名をつけるのはやめようと、漠然と思う。このちいさな輝く点は、筆舌につくしがたいほど遠くにあるのだ。だが、フランチェッテは自身の近くに存在しなければならない。

「レラナと名づけよう」と、ささやいた。レラナ・フォランはかつての狩人の先人で、惑星キルクールにクラン人たちが到着する寸前に命を落とした少女だ。

この命名に満足しながら、先に進んだ。冒険のゴール地点に到達したときには、すでに真夜中近くになっていた。

星々のおぼろげな光のもと、周囲を調べた。目あての、大きな葉を持つ植物は見つからない。そこで、念のため持参した獣脂蠟燭に点火した。

それは、無数の花が咲く藪のなかで見つかった。植物の高さは、腕の長さにも満たない。葉は七、八枚で、大きな木皿のように地面のすぐ上にある。

ジェルグ・ブレイスコルはひざまずき、明かりを葉の一枚に近づけた。無数のちいさな葉脈がはっきりと見える。その模様は完全に不規則だ。

「なにもしないから」と、植物にささやきかけた。「フランチェッテの思いをここに。わたしの思いも」

しばらくして、つけくわえる。

「フランチェッテとわたしの思いを」

それから、からだの力をぬき、感情のおもむくままにした。

フランチェッテのことを考える。

フランチェッテ、と、ふたたび考えた。

すぐ近くの葉のほとんど見えない葉脈が、たがいに溶けあいはじめる。ジェルグは、心のなかで歓声をあげた。

葉脈が青い液体で満たされ、訓練センター……いや、村の学校で学んだ文字のような、規則正しい線を形成する。

〝フランチェッテ〟という単語がふたつならんだ。

かがみこみ、葉にくっきりとした線で浮きあがった文字をうっとりと見つめた。

「すばらしい」思わず口をついて出る。

ただちに、ふたつの名前の下に〝すばらしい〟という文字が出現。

「いや、それはいらない」ジェルグはかぶりを振った。

すると、葉脈の模様がたちまち消える。ジェルグはナイフをベルトからぬき、慎重に周囲の土を掘りおこしはじめた。しばらくして、植物の根にあたる。根は、いくつかの太くなった部分を持つ、細い繊維の束でできていた。

根のすべてがあらわになるまで根気よく、細心の注意をはらいながら作業を進めた。

それから、あらかじめ水で濡らしておいた毛皮に植物を用心深くつめこむ。

苦労の成果を携え、帰途についた。作業中、この行為に対する植物の不満や拒絶反応を探ろうと何度も試みた。だが、そのような徴候をしめすものはなにも感じない。

集落をかこむ柵にたどりつく寸前、事件が起きた。

この真夜中に出歩く者がほかにいるとは！　ジェルグは驚いた。特別な発見物に対する幸福感で、いささか不注意だった。それに、疲労が感覚を麻痺させていたのだ。

すくなくともふたりの男に、はがいじめされた。その結果、植物を落とした。

力強い腕が頸に巻きつき、喉を圧迫する。二本の手に両脚をすくわれ、地面に倒された。暗闇では顔もわからない。ただ荒い息づかいだけが耳もとに押しよせる。

上半身になにかがおおいかぶさり、毛皮が頭をおおう。なにも見えなくなった。

ジェルグはチャンスが訪れるのを待った。真夜中の襲撃者の目的が知りたい。すぐに目的はわかった。両目をおおう毛皮にもかかわらず、かすかな光を感じたから。襲撃者の手にもじゃもじゃの髪を探られる。髪というより、ところどころは、むしろ赤茶けた毛皮といったほうがいい。

「ここだ」と、鋭い声がした。同時に、ナイフを鞘《さや》から出す音が聞こえる。

だれかに頭を地面に押しつけられた。ジェルグには、空《くう》を切るナイフが見えた気がした。まもなく頭蓋骨近くにつきささるだろう。

襲撃は自身に向けられたものではない。目的はスプーディだ！　のしかかる重さも、弓の弦のようにすべての動きを奪おうとする両手の力強さもものともせず、ジェルグはからだをまるめた。硬くした筋肉組織にすべての意志と力を注《そそ》ぎこむ。

ジャンプし、はねのけると、侵略者たちは吹っ飛んだ。

ひとりの毛皮をつかみ、顔に一発見舞う。鼻の骨がへし折れる音が聞こえた。

襲撃者が携えていた明かりが、この騒ぎでひっくりかえり、消えた。

あとは、歯のあいだから絞りだすような声が聞こえただけだ。

「撤退！」

足を踏み鳴らす音が遠ざかっていく。やがて静寂が訪れた。

若い狩人は、毛皮マントの乱れをなおした。なによりも、あの遠い丘から持ち帰った植物のことが気がかりだ。植物はぶじだった。襲われた場所からわずか数歩はなれたところに転がっていた。

真夜中の襲撃には非常に驚かされた。というのも、犯行におよんだのはまちがいなく村人だから。集落におけるこれまでの短い人生で、このような事件はいままで経験したことがない。

夜が明けたら、船長に報告しなければ。

慎重に植物を小わきにかかえ、突然に中断された帰途を急いだ。思考はたちまち、フランチェッテにもどっていく。

陰険な襲撃とスプーディを盗もうとするたくらみが、一連の悪事のはじまりにすぎないことなど、ジェルグはこの時点ではまだ想像もしていなかった。

収穫物をその晩のうちに、自身の小屋のすぐそばの地面に植え、水をやった。

まもなく夜が明ける。それでも二、三時間は眠っておきたい。

眠りにつく直前に思い浮かんだのは、フランチェッテのことだった。

＊

ジェルグは翌朝遅くに目ざめた。したいことが三つある。

まず、フランチェッテに会いたい。元気なのか、なにをしているのかを確認せずにはいられない。この望みがほかのすべてをうわまわった。

次に、ゆうべ持ち帰ったあの奇妙な植物が、移植をぶじに耐えられたかどうか知りたい。この望みはもっともたやすく成就した。窓……かってはこれを舷窓と呼んだもの！……から一瞥《いちべつ》しただけで、植物が生き生きしているのが見えたから。

ほっとして、べつの毛皮をはおると、天井から長く垂れさがる乾燥肉を嚙んだ。水をひと口飲み、これで朝食をすませることにする。

三つめの望みは、むしろ必要性にかられたものだ。すぐに船長を訪ね、昨晩の襲撃についで報告しなければならないのは明白だった。ただ、夜中に集落をはなれた説明をつけるため、もっともらしいつくり話が必要だ。ひょっとしたら、時間をくりあげて報告したほうがいいかもしれない。実際は真夜中過ぎの出来ごとだが、その時間帯に屋外に用のある者などひとりもいないから。

乾燥肉を嚙み、目をこすって眠気を追いはらいながら考える。そもそも、なぜ〝船長〟と呼ばなければならないのか。この名称もまた過去の遺物なのだ。〝指揮官〟という言葉が脳裏に浮かんだが、これもまた不適切なように思える。キルクールを強引に併合したクラン人の場合、最高支配者は公爵だ。はたして、これがクロード・セント・ヴェインにふさわしい呼び名かどうか考えあぐねているうちに、適した言葉を思いつく。かつて、ドク・ミングから聞いた。治療者自身、この言葉がどのような意味を持つのかわかっているようには見えなかったが。いずれにせよ、祖先の歴史に由来する呼び名だ。

大執政官！　そうだ、セント・ヴェインは、キルクールにおけるベッチデ人の小集落の大執政官なのだ。

ジェルグはこのひらめきに満足しながら、小屋をあとにした。一年前までは、ここでほかにふたりの若いベッチデ人とともに暮らしていた。十六歳となったいま、個人の住居を持ちたいと考え、実現させたのだ。

もう一度だれかといっしょに住むとしたら、フランチェッテのほかにはいない。この夢が実現するのはまだずっと先のことだろう。そう思うと悲しくなる。ひょっとしたら、実現することはないかもしれない、と、自分にいいきかせた。

恒星が暖かい朝の光を投げかける。ジェルグは昂然と頭をあげながら、会議ホールに向かった。

頭のなかで〝会議ホール〟という言葉を使った自分を、内心、未熟なおろか者だと思う。実際には、村の中央に位置する、植物のまったく生えていない広場にすぎない。そのすぐ裏に、セント・ヴェインが司令室と呼ぶみすぼらしい小屋があるのだ。

そこに村人がすくなくとも数十名、集まっていた。すでに遠くからも、群衆の興奮した会話が聞こえた。これはめったにないことだ。通常は平和と調和がここを支配する。セント・ヴェインは農民と狩人それぞれに役割を授け、日々の糧《かて》の供給が保証されるようにしている。ときには、特別な指示をくだすこともあった。

村人が死んだ場合がこれにあたる。亡骸《なきがら》は宇宙にゆだねなければならない……ジェルグは不機嫌に鼻息をたてた。またもや、誤った表現をしてしまったのだ。亡骸は峡谷に葬らなければならない、と、徹底的に訂正する。

ドク・ミングが、興奮した人々にとりかこまれていた。ジェルグはかれに近づこうとした。セント・ヴェインよりも治療者のほうを信頼しているから。ドクの目の前には村人六名が地面に横たわり、泣き叫び、ほかの者にとりおさえられていた。

ジェルグは目だたないように野次馬の列にくわわった。白熱する会話に耳をかたむけ、まもなくなにが起きたのかを把握する。

昨晩、この六名はスプーディを力ずくで奪われたのだ。犯行はあまりに残忍かつ原始的な手口で、犠牲となった何名かは命がけで戦った。そのさい、大量の血が流れたようだ。ドクはいま、止血に追われている。

もっとも、外傷よりも深刻なのはスプーディを奪われた者の精神的ダメージだ。すっかりなじんだスプーディを奪われては、自身が半人前になったかのように感じるだろう。まるで、からだの一部を無理にもぎとられたかのように。

〝船長〟クロード・セント・ヴェインは、人々のあいだを身振りをまじえながら歩きまわっている。ひっきりなしに話しつづけるが、耳をかたむけようとする者はひとりもいない。話の内容は、強盗を捕まえ、正当に処罰するというもの。どうやって実現するかはだれにも不明だ。村の短い歴史上、この残虐な犯行はほかに類をみないものだから。

犯人は村人にちがいないという点で、負傷者全員の証言がほぼ一致している。とはいえ、暗闇のなか、犯人の顔を特定できた者はいない。負傷者のうち四名はそれぞれの小屋で襲われ、意識不明におちいった。のこりの男女ふたりは、夜遅くに野外で犯人と遭遇したらしい。

ジェルグはこの犯行目的について考えてみたが、いかなる結論にもいたらなかった。犯行は非論理的である。はたして、盗んだスプーディでなにをしようというのか？　結局のところ、ベッチデ人のだれもがすでに共生体を保持し、数すくない新生児もクラン人のロボット基地に用意されたわずかな蓄えからこれを供給されるというのに。

やがてドク・ミングが負傷者たちの治療を終え、全員を立ちあがらせた。ジェルグは男女六名の混乱し、失望した視線に遭遇する。背中に戦慄がはしった。負傷者のなかに、長年の友であり狩人仲間のジン・ドッカーの姿を見つけたのだ。

「冷静にふるまうのだ」治療者が患者たちに告げる。「そうすれば、きみたちにはなにも起こらないだろう。スプーディを失ったことにもすぐに慣れる。傷をおおった膏薬《こうやく》と葉はそのままにしておくこと。そうすれば、すぐに治るはずだ」

船長でさえ、いまは無言である。どうやら、とほうにくれているようだ。群衆だけが混乱し、叫びつづけている。

「夜間の見張りを立てるべきだ」だれかが要求した。

「だれももう単独で行動してはならない」ある老ベッチデ人がいう。

この瞬間、フランチェッテが、パニックに駆られた人々の喧噪《けんそう》の輪にくわわった。ジェルグはすぐに少女に気づく。頭に血がのぼるような気がした。毛皮マントのポケットにつっこんだ両手が硬直する。

感覚が告げた。ただちにここをはなれるのだと。だが、両脚が麻痺したかのようにすくむ。

襲われた者たちの話を聞いたあと、自身が襲撃された件についてはなにも報告すまいと決心していた。そうすれば、真夜中の外出についていいわけをでっちあげるまでもない。いずれにせよ、船長……いや、大執政官……に報告する必要性はもうないのだ。犠牲者六名によって、すでに事件の一部始終が知られていたから。

ジェルグは少女に急いで近づく。だが驚いたことに、気がつくと突然こういっていた。「船長！」声の震えをおさえようとした。「わたしも昨晩、襲われました。わたしのスプーディを盗もうとした者は、村人のふたりもしくは三人にちがいありません」

たちまち、全員の関心がジェルグに向けられる。ジェルグ本人は、ただフランチェッテが耳をかたむけているかどうかだけを気にしていた。

「かれらはわたしを襲い、ナイフをとりだしました。自分の身体能力のおかげで、強盗を追いはらうのはたいしてむずかしくありませんでしたが」

「なるほど」と、ドク・ミングはいい、当惑したように地面に視線を落とした。「経験豊富な年配の狩人がふたりも襲われたのに、きみは強盗をかわしたわけだな？」

ジェルグは、治療者の声にこめられた疑惑に気づかなかった。フランチェッテの存在だけを近くに感じる。彼女まで五歩とはなれていない。

「そういうことです」ジェルグは確信に満ちた声で応じた。「これから犯人を探しだすつもりです。ふたたび船にしずけさと秩序がもどるように」

〝船〟という言葉をいささかためらいがちにいった。クロード・セント・ヴェインが近づき、若者を探るように見つめる。老ベッチデ人は、すでに百十二歳くらいに見えた。

「ここではわたしがまだ船長で」と、強調するように告げる。「きみの任務は動物を狩ることだ、ジェルグ・ブレイスコル。ほかのすべてはわたしにまかせなさい」

ジェルグは、船長からこのような反応が返ってくるとは思わなかった。突然、自身がなにか過ちをおかしたような気分になる。それゆえ、返答をひかえた。黙ってその場をはなれる。なかば意図的に、なかば偶然から、まっすぐフランチェッテのそばを通りすぎるルートを進んだ。

若者は、彼女の魅惑的な目をのぞきこむ以外、なにもできなかった。

少女は平然とジェルグの視線をうけとめ、顔色ひとつ変えない。

フランチェッテのすぐそばまで近づき、ひしめきあう人々をわきに押しやったさい、少女がひとことだけささやいた。

「自慢げだこと！」

3

ジェルグは小屋にもどる途中、物思いに沈んでいたため、バルダ・ウォントとぶつかってしまった。五十がらみの女ベッチデ人だ。ちょうど、彼女が穀物貯蔵庫の角を曲がったところで、ジェルグは相手に気づくのが遅すぎた。

謝罪の言葉をつぶやき、先を急ごうとするが、バルダが腕をつかんではなさない。

「どうしたの、ジェルグ?」と、親切にたずねてきた。「ずいぶん、とりみだしているように見えるけど」

「なんでもない」その手を腕から振りはらいながらいった。「ほっといてくれ」

農民のバルダ・ウォントとはごく表面的なつきあいしかない。それゆえ、ジェルグは先に進みながらも、自分のなかに湧きあがった強い反感に驚いた。バルダの目は、それほど奇妙にこちらを見つめていた。

あるいは、ただの気のせいだろうか?

バルダに怒りを感じる理由などまったくない。それでも、この感情から逃れることができずにいる。

小屋にもどると、武器を身につけた。森に行こう。狩りはいい気晴らしになるだろう。集落をはなれる前に、もう一度、植物のようすを確認する。若者は疑問をいだいた。はたして、夢のなかで描いたようにこれを活用できるのか。計画を実行にうつせば、すべての状況がさらに悪化するかもしれない。ひょっとしたら、フランチェッテに笑いとばされ、あらゆる可能性を永遠に失うこともありうる。

葉が一枚、地面に落ちていたことをのぞけば、植物の調子はよさそうだ。

ジェルグ・ブレイスコルは葉をひろいあげ、てのひらの上で回転させてみた。葉の文字を見て、驚いて手をとめる。昨晩ほど、美しくはっきりとした文字ではないが、充分に読める。ダークブルーの葉脈にあらわれた文字を読んで、さらに驚いた。

〝峡谷に葬らなければならない〟と、そこには書かれている。

若いベッチデ人は、なぜこの言葉が書かれたのか頭をひねった。やがて思いだす。村の広場に向かう途中、これとまったく同じ文章を意識的に強く考えたのだった。

あれほど遠くはなれていたのに、自身の思考を読み、文章にあらわすことがこの植物に可能だというのか？　ひょっとしたら、今回それほど明瞭な文字が書かれていないのは、距離のせいなのか。

葉をポケットにしまい、出かけた。ひとりになりたい。

村はずれで、クラン人のロボット基地が目にはいった。鋼壁、アンテナ、人工構造体が、自然環境との極端なコントラストをなしている。とうにベッチデ人の生活の一部としてうけいれられた小要塞を一瞥しただけで、通りすぎた。

森がジェルグを迎えいれる。大股で早歩きしながら、何度もあたりを見まわした。だれにもつけられていない。鋭敏な感覚もこれを確認する。

セント・ヴェインは、狩人が単独で狩りに出ることを望まない。通常、三人ひと組で行動する。猛獣に襲われる危険性を軽減するためだ。

森の空き地に出ると、草むらにしゃがみこむ。葉をとりだし、もう一度文字をよく見た。

「おまえを〝はしり書き〟と名づけよう」と、植物に話しかけた。「わたしのメッセージをフランチェッテに運んでおくれ」

少女の愛らしい顔を思い浮かべた。同時に、葉の上の文字がかすむ。かたちが変わり、顔が出現した。完璧とはいえないが、明らかにフランチェッテの顔である。

ジェルグは口笛を吹いた。落ちた葉なのに自分の思考に反応するとは思わなかった。どうやら〝はしり書き〟は、ジェルグが夢にも思わない力をさらに秘めているようだ。

なにも書かれていない、なめらかな葉のイメージを思い浮かべると、たちまち、顔の絵が消える。そこで葉を胸ポケットにしまいこんだ。

午後遅く村にもどると、ドク・ミングが待ちうけていた。

「探したぞ、ジェルグ」と、治療者が口を切る。「心配でたまらないのだ。なにかが起きているが、それがなんなのかわたしにはわからない。ワリス・エマーソンが先ほど息をひきとった。襲撃されたうちのひとりだ。スプーディを無理やり奪われたさいにうけた傷はあまりにひどかった。ほかの犠牲者はきっと峠をこせるだろうが」

「残念です」ジェルグはつぶやいた。エマーソンは、狩猟の指導者のひとりだった。

「懸念はほかにもある」ドクがつづけだ。「とはいえ、だれにもこの会話を聞かれたくない」

ジェルグは自分の小屋に足を踏みいれ、治療者に合図を送った。いっしょに、簡素な木製椅子に腰かける。若いベッチデ人は水筒をテーブルに置いた。

「セント・ヴェインのことだ」と、治療者が切りだした。「ここ数日、あるいは数週間、かなり奇妙な行動が目だつ。きのう、観察していたところ、杖で砂に奇妙な模様を描きながら、ずっとなにかをつぶやいていた。その目にはなんとも説明しがたい輝きが宿っていた」

「バルダ・ウォントも奇妙な目つきをしていました」ジェルグが口をはさむ。ドク・ミングは額にしわをよせたが、なにもいわない。

「そのあと、砂に描かれた図柄を確認してみた。あれは宇宙船だと思う」

「《ソル》ですか？」

「ぜったいに違う」治療者がかぶりを振った。「《ソル》の外見はもう正確にはわからないが、セント・ヴェインの描いたものは、明らかにクラン人の白い船だった」

「奇妙ですね」狩人はそれだけしかいえずにいた。

「船長を訪ね、健康状態についてきいてみたのだ」ドク・ミングがつづけた。「病気ではないかと思って。だが、クロード・セント・ヴェインはあらゆる病気を否定し、どこかおかしいというようすもなかった。ところが、わたしが出ていこうとすると、奇妙なことを口ばしったのだ」

「なんですか？」ジェルグは水をひと口飲みながら、考えた。ドクに〝はしり書き〟の秘密を打ち明けるべきか。

「時は満ちた。わたしは状況を変える……そういったのだ。どういう意味かとたずねると、〝いずれにせよ、きみには理解できない〟と、笑いながらいっただけ」

「ひょっとしたら、年老いたせいでおかしくなったのでは」ブレイスコルがいった。

「後継者について考えるべきかもしれません」

「そういうわけではあるまい。けさもまた、奇妙なふるまいが目についた。襲撃の犠牲者たちにはほとんど目もくれずに、群衆のあいだを派手な身振りをまじえながら歩き、無意味な演説をしてまわったのだ」

「かれから目をはなさないようにします」ジェルグが約束した。「なにか奇妙なことがあれば、報告しますね」

「そうしてくれ、若いの」ドクが満足そうに告げる。「まだひとつ聞きたいことがある。きみは本当に襲われたのか？　気づいたと思うが、ほとんどだれもきみの大言を信じようとはしなかった」

「本当のことです」狩人が答えた。「ですが、なんの意図もありません。わかっています。賢いふるまいではありませんでした。できれば、あの件は忘れてください」

ドク・ミングは立ちあがり、出ていこうとした。出入口で立ちどまると、若い友を長いこと見つめる。

「フランチェッテのせいだね」ものわかりがよさそうにうなずく。「きみの心情はわかるとも。それでも、こらえたほうがいい。恋は人を盲目にする。これを忘れるな」

*

一週間後、ジェルグは狩りの最中に、森で道に迷ったらしい八本脚のガゼルを追っていた。通常、しとめるのが非常にむずかしい動物だが、ここでは速く動けないようだ。ジェルグは、このごちそうを逃したくなかった。それゆえ、仲間ふたりからはなれ、獲物を追うことにしたのだ。

するのか。

二本の矢がすでに的をはずれ、狩人は疑いはじめていた。そもそも、この狩りは成功
狩猟熱につきうごかされ、ガゼルに追いつこうと、猫のような機敏性と敏捷性《びんしょうせい》を総動員する。下草は一部が非常に密集しており、蹄《ひづめ》のちいさな動物はゆっくりとしか前進できないはず。

空き地が目の前に開けたところで、狩りはとうとう失敗に終わったように見えた。ここでガゼルが速度をあげたら、もう追いつくことはけっしてできないだろう。

前方から呼び声が聞こえた。驚いて森を出ると、低い草におおわれた場所に移動する。目の前を矢が音をたてて飛びすぎ、獲物に命中した。ジェルグは近くにいた三名に気がつく。男ふたりと女ひとりだ。

森でほかのベッチデ人に遭遇するのはまったく珍しいことではない。ジェルグが驚いたのは、三名のうちふたりが狩人ではなく農民だとわかったから。

バルダ・ウォントと、カブ栽培の農夫フェンター・ウィルキンズだ。三人めは、ウエスト・オニールという名の老狩人だった。かれがガゼルを射とめたのだ。

「ハロー」ジェルグは慎重に挨拶した。「このような人気《ひとけ》のないところまで、なぜ出かけてきたのですか？」

横柄な性格で有名なオニールがにやりとしながら、

「禁止されているわけではない」と、応じた。「友と森にはいるのは自由だ。ついてなかったな、ブレイスコル。わたしがガゼルをしとめた。これでわたしのものだ」

ジェルグは三名の敵意に気づいた。オニールも農民ふたりも態度にこそ出さないが。

「しとめられた獲物のことで争いたくはありませんが」若者ははぐらかすようにいった。

「このようなケースでは、たぶん獲物をわけあうのがふつうでしょう」

「キルクールス・ハンターがしとめたなら、獲物はかれだけのものだ」オニールの声は、危険な響きを帯びていた。〝キルクールス・ハンター〟を自称する経験豊富な狩人の怪力を、ジェルグは知っている。思わず手を振り、

「ガゼルはあなたのものです。わたしはべつの獲物を探しますから」と、いった。

「もちろん、わがものだとも」ウエスト・オニールがいらだちをあらわに応じた。ジェルグが立ちさろうとするのに気づき、ジャンプして近づくと、腕をしっかりとつかみながら、うなるようにいった。「待て、若いの。まだ、行っていいと許可していないぞ」

ジェルグは、強烈な握力を感じた。それでも、されるがままにしておく。

こんどは農民ふたりがそばに近づき、若者を刺すように見つめる。ジェルグは、その視線に耐えた。すでに数日前、バルダ・ウォントの目に見た奇妙な輝きが、いまふたたび見える。フェンター・ウィルキンズもまた、いささか奇妙な目つきをしている。

「若者をはなしてやれ」カブ栽培の農民がいった。女も同意をしめしてうなずく。

ウエスト・オニールはまだ躊躇《ちゅうちょ》していた。やがて、突然にジェルグをはなすと、胸のあたりをつく。若いベッチデ人はよろめきながら、後退した。

「消えうせろ、ブレイスコル！」キルクールス・ハンターが乱暴に告げる。「関係のない問題に首をつっこむな。いいアドヴァイスがほしければ教えてやろう。ここでわれわれに会ったことは他言無用だ。さもなければ、おまえの身になにかが起きるだろう」

ブレイスコルは、このあからさまな脅迫にも驚かなかった。なにかがおかしいと、鋭敏な感覚が告げる。この三名は、まったく不可解な理由から自分に敵意をいだいているようだ。

「わかりました」ほとんど聞こえないような声でつぶやき、帰途についた。

*

「ありえん！」若い狩人が、ウォント、ウィルキンズ、オニールとの遭遇について報告すると、船長は大声でいった。「きみがいま述べたような行動をとる乗員など、いない。それはべつとしても、きみは嘘をついているな。わたしはこの目で、ウィルキンズがきょうの午後ずっと屋外の耕地で働いているのを見た。数分前にようやく家に向かったところだ。キルクールス・ハンターは胃の調子が悪く、キャビンで横になっている。きょうは船から一歩も外に出ていない」

ジェルグは、突然に怒りだしたセント・ヴェインの証言に困惑をおぼえた。ようすがますます奇妙に思える。自身を〝船長〟と呼ぶこの男は、ベッチデ人の長としての義務をほとんどはたしていない。

間の悪いことに、この瞬間、バルダ・ウォントがセント・ヴェインの小屋にあらわれた。

「若い狩人、ブレイスコル」親しみをこめて挨拶してくる。「ここ数日というもの、会わなかったわね。きっとずっと外にいたのでしょう？」

全身で感じた。この女は嘘をついている。それでも、セント・ヴェインの勝ち誇ったような視線に口をつぐんだ。自己批判的におのれの正気を疑いはじめる。だが、すぐにわかった。ジェルグを相手に、汚いゲームがしかけられたのだ。

「わかりました」若者はさらなる言葉をすべてかわすように告げる。「きっと、わたしの思い違いでしょう」

手みじかに別れを告げ、その場をはなれた。

きっと、まだ見張られているだろう。そこで、まずは自身の小屋にまっすぐ向かう道を選んだ。もうだれにも見られていないと確信すると、そこで方向を変える。

まず、ウエスト・オニールの小屋をチェックするが、狩人はそこにいなかった。これで、すくなくとも、船長の証言が嘘だとわかる。

それから、ドク・ミングを訪ねた。驚いたことに、ここでキルクールス・ハンターに遭遇。老狩人が出てくるのを待つ。オニールはジェルグにまったくふつうの声の調子で挨拶すると、急いではなれていった。

「かれ、なにをしにきたのです？」若いベッチデ人は治療者にたずねた。

「胃の調子が悪いらしい」ドクが応じる。「楽になる薬を出してやった」

「かれがここにきたのは、きょう、はじめてではありませんね？」

「ああ、昼前にきた。なぜ、それを知りたいのだ？」

ジェルグはすぐには答えられずにいた。考えをめぐらす。あの三人に森の空き地で遭遇したのは、昼さがりのこと。つまり、オニールはここでアリバイをつくり、だれにも気づかれずに数時間、姿を消したのかもしれない。それはありえる。だとしても、なんの意味もないが。

ふたたび、自身の正気を疑いはじめた。ひょっとしたら、治療者には例の奇妙な遭遇について、なにも話さないほうがいいのかもしれない。

「スプーディを奪われた犠牲者たちのようすはどうですか？」と、話題を変えてみる。

「傷は治ったようだ」ドク・ミングが進んで情報をあたえた。「ただ、きょう、奇妙なことがあった。かれらのためにあらたなスプーディを用意しようと思って、クラン人のロボット基地まで行ってきたのだが、何度呼んでもだれも応答しない。入口は開きそうもなかった。それで、手ぶらでもどってきたというわけだ」

「本当に妙ですね」ジェルグが考えをめぐらせながら応じた。「ここ最近、一連の奇妙な出来ごとが起きている。背後でなにかが動いていると、わたしは確信しています」

「どういう意味だ？」

「わかりません。ただ、そう感じるだけで」

「なにか奇妙なことに気づいたのなら、話してくれ」

「そうします。いくつかの点がはっきりしたら、すぐにでも」ジェルグは約束した。

「まずは、注意をおこたらないようにしなければ。船長はスプーディ強盗を見つけたのですか？」

「いや」治療者が残念そうに告げた。「もっとも、わたしには、船長が実際に犯人探しをしているとは思えない」

「どういう意味です？」

「船長が、わたしの質問を避けるのだ」ドク・ミングはとほうにくれたように告げた。

「きのうもこういった。犯人が見つかるかどうかは、いずれにせよどうでもいい。現状がこれ以上つづくことはないだろうから、と」

「どういう意味でしょう？」狩人がたずねた。

「クロード・セント・ヴェインも年だ」と、治療者。「ひょっとしたら、まもなく後継者探しをはじめるとほのめかしたかったのかもしれない」

実際はまったく逆だった。村人全員がそれを悟るまで、まる一日かかった。

＊

クラン人のロボット基地は、ベッチデ人の村から二キロメートルほどはなれた場所にある。要塞に似たつくりの円形建造物だ。高さ三メートルの鋼壁が、直径八十メートルの敷地をぐるりとかこむ。構内には、いくつかのちいさな建物と高いアンテナ塔がある。周囲の森は、一キロメートルの範囲にわたり、ロボットにより開墾されていた。

ベッチデ人の知る基地の唯一の出入口は、幅十メートルの門である。通常、この入口には鍵がかかっている。ちいさな種族に対するクラン人ロボットの監視の目はゆるく、狩人と農民の日常生活に対する影響はほとんどない。

ベッチデ人は、精神を活気づけるスプーディ同様に、この構造体にも慣れていた。基地自体に注意をはらうこともほとんどない。その光り輝く金属壁は、周囲の手つかずの自然とは極端なコントラストをなしているが。

クラン人がはじめて出現して以来ここを訪れたのは、たった二回だけだ。訪問はたいしたセンセーションにはならなかった。ベッチデ人の予想に反し、さらなる新兵補充はひかえられたから。最後の訪問時に導入された唯一の改革といえば、村の広場中央の高い木に設置されたスピーカーだけである。

この〝会議ホールの公用インターカム〟について、クロード・セント・ヴェインはただちに話をした。クラン人が、惑星を立ちさる前にこう説明したのだ。必要なさいにはこのスピーカーを通じ、ロボット基地からベッチデ人に向けて情報が伝えられると。つづく数カ月間というもの、そのようなケースは一度も生じなかったため、ほとんどの村人がこのインターカムにみじんの関心も持たなくなっていた。

それが一変したのは、翌朝のこと。ファンファーレが大音響で村じゅうに鳴りひびいたのだ。人々はキャビンから跳びだした。

そのあとの出来ごとが、憤懣《ふんまん》と恐怖をひきおこした。狩人と農民が聞いたのは、船長クロード・セント・ヴェインの声だった。

「ベッチデ人よ！」船長の大声が響く。「時代は変わった。これから、さらに変わる。わたしは、側近とともにロボット基地をひきついだ。これにより、わたしが諸君の絶対的支配者の地位についたことは、だれの目にも明らかだろう。とはいえ、これは第一歩にすぎない。諸君は、いますぐにわたしに仕え、わたしとわが側近の命令にのみしたがうこと。わが称号は、〝ギルクールの公爵〟だ。わたしはロボット基地のあらゆる技術手段を利用できる。わがやり方に反対しようという者があれば、仮借なく攻撃する。それがどういうことか、諸君はあまりにおろかで無知ゆえ理解できまい。そこで、折りをみてわが力をしめすことにする。みずからわたしについてくる者には、前途有望な未来が待つ。というのも、まもなくわたしは側近とともにこの惑星をはなれるつもりだから。宇宙がわれらの目の前に待ちうけている。クランドホルの新公爵であるキルクールの公爵は、そこで使命を見つけるのだ」

興奮した村人たちが広場に駆けよってくる。大声ではげしく討論するが、真のリーダーがいないので、ますます状況は混乱した。

そこにようやく、ドク・ミングが姿をあらわした。治療者は村において、船長につづく高い名声を持つ。船長の反逆行為は、いまやだれもが知るところだ。ドクの隣りにはジェルグ・ブレイスコルの姿がある。

治療者はベンチにあがり、腕をひろげた。ゆっくりと、しずけさがもどってくる。

「友よ」治療者が呼びかけた。「どうか、平静をたもつように。われわれ、この状況を打開できるだろう。きみたちは、クロード・セント・ヴェインの要求を聞いた。かれについていきたい者は、ここからいますぐに出ていってくれ。だが、この恐ろしい裏切り行為に対し戦おうとする者は、わが言葉に耳をかたむけてもらいたい」

集まった人々は、ふたたびはげしい議論をかわしはじめる。ドク・ミングは、一同に状況を整理する時間をあたえるあいだ、小声でジェルグ・ブレイスコルと話す。

若い狩人は、集まった人々をくまなくチェックした。フランチェッテの姿も見つけたが、この瞬間、さほど興味は湧かない。

ベッチデ人は、たちまちふたつのグループに分かれた。ひとつは狩人で、他方は農民だ。このふたつに属さない者は、それぞれの判断にしたがってどちらかを選んだ。

「ほかならぬ三名が欠けています」ジェルグが治療者にささやいた。「バルダ・ウォント、フェンター・ウィルキンズ、ウエスト・オニールの姿がどこにもありません」

「つまり、反逆者はぜんぶで四名だな」治療者が結論づける。「盗まれたスプーディは六つ。これがなにを意味するか、きみにはわかるか」

ジェルグ・ブレイスコルは不機嫌にうなずいた。自身に腹がたつ。この三週間というもの、変化の徴候を誤って解釈していたのだ。

この瞬間、村人ふたりがドクに近づいてきた。年配の狩人と有力な農民だ。

「われわれ、たがいに左右されることなく結論をくだした」と、狩人が口を開く。「農民がどう決定したかは知らないが、狩人は全員、船長に対抗する」

「それはよかった」農民が安堵の息をついた。「われわれもセント・ヴェインの強迫に屈しないつもりだから」

「これは戦いを意味する、ベッチデ人よ」ドクが大声をはりあげた。「リーダーを選びだし、セント・ヴェインとその側近に打ち勝つ作戦をたてなければ」

群衆は歓声をあげ、治療者に同意をしめす。

「こちらは優勢だ」ドクはつづけた。「とはいえ、われわれには矢とナイフのほかは実際、武器も技術装置もない。かんたんにはいかないだろう」

興奮した人々に、この警告はとどかない。つづいて投票がおこなわれ、ドク・ミングが満場一致で新船長に選ばれる。治療者は副官としてジェルグ・ブレイスコルを指名した。

「みなさん」雄猫が口を開く。「セント・ヴェインをいかに屈服させるか、すでにわたしには計画があります。かれは側近三名とロボット基地にたてこもっている。あえて外に出てくることはありません。ここ自然のなかでは、われわれにかなわないから。兵糧《ひょうろう》攻《ぜ》めにしましょう。そうすれば、要塞に侵入し、かれを無害化する道が開けるはず」

ベッチデ人たちはこの提案に同意した。すると、スピーカーからけたたましい笑い声が響き、喝采をかき消す。

「おろか者たちよ」クロード・セント・ヴェインの声が轟く。「わたしを阻止できると本当に信じているのか？　スプーディの四重保持者であるこのわたしを？　わが知性は突出し、おまえたちにとってはまったく謎であるロボット基地の技術装置を、意のままに操れるのだ。その反抗的態度をただちにたたきなおしてやる」

輝く炎のビームが、ロボット基地からベッチデ人の集落の上空高くにはなたれた。地面に塵《ちり》と灰の雨が降る。狩人と農民は硬直したように立ちつくした。

「これは、ただの警告にすぎない、臣民よ」セント・ヴェインの声が響きわたった。

4

三日後、状況はほとんど変わらなかった。セント・ヴェインと側近三名は、ロボット基地に籠城したままだ。

狩人と農民は、鬱蒼とした森に基地をとりかこむように、堀をめぐらせ、そこにたてこもった。ドク・ミングの指示により、樹木と蔓植物を利用した巨大なカタパルトが完成する。ジェルグ・ブレイスコルは協力者数名とともに火炎弾を用意した。これをカタパルトにつめるのだ。

そのほか、武器として利用できるものすべてを運び集めた。とはいえ、それは多くはなかった。とりわけはっきりしたのは、セント・ヴェインが意のままにできる技術に対して、ほとんど太刀《たちう》打ちできそうもないことである。

ドク・ミングは、村人の士気がさがらないよう、言葉をかけた。

「われわれのやり方でやってみよう」と、何度もくりかえしていう。「そうすれば、裏切り者を脅《おど》かすことができるかもしれない」

どのような変化も逐一報告されるよう、見張りを立てた。ドク・ミングはすべての作戦行動を、ロボット基地からは見えない森深くに位置する避難所から指揮した。

「敵はいつか、なんらかの行動に出るだろう」治療者はそう告げた。「たとえ、大量の食糧を蓄えていたとしても、いつかは困窮するはずだ」

ジェルグ・ブレイスコルは、木の切り株に腰をおろし、

「あす、最初のカタパルトの準備がととのいます。そうすれば、われわれを思うようにあしらうことなどできないと、キルクールの公爵にわからせることが可能でしょう。その前に、ロボット基地内部の情報を得るべく、もうひとつの計画を進めたいのですが」

「案があるのなら教えてくれ」と、治療者が驚いたようにいう。

「いま、ここにいるのはわれわれだけです」ジェルグが慎重に切りだした。

「つまり？」と、ドク。

「わたしがこれから話すことは、ほかのだれにも聞かれたくないのです」

治療者が警告するように手をあげたが、ジェルグはかまわずに先をつづけた。

「わたしはほかのベッチデ人よりも機敏に動けます。スプーディ目あてに襲われたのは本当の話ですが、あのとき襲撃者を撃退することができて、ほっとしています。さもなければ、セント・ヴェインはいまごろスプーディ五匹を宿していたでしょう。また、わたしはほかのほとんどの仲間より感知能力が高い自信があります。これは誇張ではあり

ません。文字どおり、危険を察知できるのです。なんのおかげだか、わかりませんが」

「きみはブジョ・ブレイスコルの子孫だ」と、ドク・ミング。「先祖は超能力に恵まれていた。きっと、きみもその才能のいくつかをうけついだはず」

「そうかもしれませんが、この瞬間、重要なのはセント・ヴェインのみ。わたしは問題なくロボット基地に侵入できるでしょう。内部でなにが起きているかがわかれば、われわれの勝算もかなりあがるというもの」

「それはすくなからず危険だ」治療者が異議を唱えた。「われわれ、船長が弱腰ではないとわかっている」

「いかに危険かは承知しています。それから、この遠征は、あなたと連絡をとることができてはじめて、意味を持ちます」

「それができればいいが、われわれにはコミュニケーション装置がない」

「ありますとも」ジェルグは立ちあがった。マントのポケットから、てのひらほどの大きさの葉を一枚とりだすと、治療者に手わたす。

ドクはこれを手にすると、かぶりを振った。

「さ、ドク」若い狩人が告げる。「ただ、この葉を見つめていてください」

ドク・ミングは口笛を吹いた。ダークブルーの葉脈が変化しはじめ、〝ドク・ミング〟とはっきりした文字が出現したのだ。

「実際、きみには超能力があるようだな」治療者は目を大きく見ひらき、ジェルグを見つめた。

「むしろ、この植物自体の力でしょう」ジェルグが否定した。「そもそも、べつの理由で手にいれたのですが、いまこの〝はしり書き〟が……わたしがつけた名前です……われわれの役にたちそうです。遠くはなれていても機能しますが、できれば、葉は植物についた状態のほうがいい。落ちた葉の場合、三、四日しか能力を維持できませんから」

ドク・ミングは、まだ文字を見つめていた。すると、文字がふたたびぼやけた。

〝わたしはロボット要塞に向かいます〟こんどはそう書かれている。

「驚くべき植物だ」ドクは認めた。「この状況であれば、実際きみを行かせてもいいだろう。ただ、ひょっとしてきみは、自身の感知能力を過信しているのではないか」

ジェルグはそのとき、治療者が自分の背後のほうを見ていることに気づき、ゆっくりと振り向いた。

数歩先に、フランチェッテが立っていた。腕に籠をかかえている。食事を運んできたのだろう。

「ふたりの夕食です」少女は小声で告げると、籠を下に置き、ジェルグを見つめる。若いベッチデ人は、血管を流れる血がかたまったような気がした。

「いまの話を彼女に聞かれました」ジェルグは明らかに混乱したようすだ。

少女は若者に近づいた。

「そのとおりよ。でも、すべてをわたしの胸だけにしまっておくわ。そのほうがいいのなら。あなたが本当にロボット基地に侵入するつもりなら、わたしの願いを捧げるわ。わたしはドクといっしょにここで、あなたがもどってくるのを待つから」

少女はそう告げると、電光石火の動きでジェルグの上腕をつかみ、爪先立ちして、その頬にキスをした。

ジェルグは岩でできた柱のように硬直したまま、フランチェッテがとっくに姿を消しても、そこに立ちつくしていた。

*

ドクの提案により、ジェルグはすべての金属製品を置いて出かけた。そうすることで、ロボット基地によって探知される危険が減るだろうと、治療者がいったのだ。

装備として携行したのは、数メートルほどのザイルだけ。その先端にはトリプル・フックのようなザイル・キャッチャーがついていた。もう一方の先端には、必要とあれば武器として利用できる短い硬材が巻きつけてある。

暗闇に足を踏みいれてから二時間が経過。狩人は森のはずれに立ち、闇の向こうにそびえるロボット基地をじっと見つめていた。もう一度、左肩にかけたザイルのたしかな手ごたえを確認する。

それから、先に進んだ。どこからどのように観察されているか、まったく想像もつかない。それゆえ、自然のどんなちいさな掩体《えんたい》をも利用した。

ロボット基地がたちまち近づいてきた。漆黒の異構造体が、なだらかな高台にそびえたつ。狩人の耳にはなにも聞こえてこない。その感覚は最高にはりつめていた。

一度だけ、フランチェッテのことを考えた。いまごろ、避難所でドク・ミングのそばにすわり、若者がのこしてきた〝はしり書き〟の葉二枚を見つめているだろう。

基地の通常の出入口がある正面とは違う側面を選んだ。境界壁に達すると、数分ほどそこにとどまる。

〈壁のそばに到達。すべて順調〉と、思考した。いま〝はしり書き〟の葉には、まちがいなくこの文章があらわれただろう。

慎重に、肩のザイルを手にとった。視線を上に向ける。鋼壁は若者の背丈の倍ほどの高さにそびえたつ。ザイル・キャッチャーのついた先端を振りまわすと、ザイルはしだいに大きな弧を描いて高くのび、壁の上端をこえた。

勢いよくひっぱり、ザイルがしっかりと固定されたことをたしかめる。ついていた。全体重をかけても、ザイルはびくともしない。

三メートルの高さに達するまで、わずか数秒しかかからなかった。だれにも見られていない。〝雄猫〟が完全にその敏捷性を発揮するときがきた。

壁の頂上をこえたとき、すぐ近くで光が点灯して、鋭い警報が鳴りひびく。

ジェルグ・ブレイスコルはおちついていた。ひそかに、早期に発見されることを覚悟していたのだ。とはいえ、まだ計画を断念する理由はない。

投光器の光が、基地内をも照らしだす。そのうえ、中央の建物内の照明も点灯した。

若者はザイルを巻いてまとめ、下に跳びおりた。そこで、アンテナ塔の影にすばやく身をかくす。

まもなく、人の声と足音が聞こえた。クロード・セント・ヴェインとウエスト・オニールだ。細長いロボット二体をしたがえていた。

一行は携行投光器で、周囲を照らしている。ジェルグは、光にとらえられないよう身をかがめた。

「この壁は、ベッチデ人には乗りこえられません」ロボットの一体がいった。「これまでに何度も、誤った警報が出されたことがありました。大きな鳥が壁すれすれを通過したさいです」

「それでは納得できん」ベッチデ人のもと船長が叱りつける。「基地内すべてをくまなく捜索しろ。外側も確認するのだ。シュプールが見つかるかもしれない」

「すべて仰せのとおりに、キルクールの公爵」ロボットがうやうやしく応じた。

ジェルグは男ふたりがふたたび遠ざかるのを感じた。ロボット二体はしばし、その場につったっている。ここからはごく慎重に動かなければ。人間と違い、マシンの気配はほとんどわからないからだ。

聞きとれないほどの忍び足で、照らされた建物のほうにこっそり近づいていく。ロボットがあらたな状況展開のせいで、本来の力を発揮できなければいいのだが。

基地の構造体のあいだの道はせまかった。この瞬間にも、べつのロボットに出くわすかもしれない。そこで、上に避けることにした。壁には充分な突出部があり、それを利用すれば、容易に屋根によじのぼることができる。

屋根のかたすみで、しばらく待った。下から、ロボットの足音が聞こえたのだ。ときおり、投光器の光が通廊をかすめ過ぎる。

ふたたび〝はしり書き〟に意識を集中させ、手みじかに中間報告する。きっと、森のはずれでも、光と警報が確認されたにちがいない。ドク・ミングや、とりわけフランチェッテに、よけいな心配をかけたくなかった。

照明された建物まではもう遠くない。そこにセント・ヴェインと側近がいると思われる。この先のルートは困難で、人間にはほとんど克服できないだろう。暗闇のなか、建物と建物のあいだの路地を跳びこえなければならないのだ。それでも雄猫は、この跳躍を前にひるむことはない。ここでこそ、自身のあだ名に報いることができる。

次の建物のはしにたどりついたとき、壁の投光器が消えた。ジェルグはそこで待った。アンテナ塔の隣りの低い建物に接近するロボットの足音がまだ聞こえる。やがて、鋼の門が重い音をたてて閉まると、先に進んだ。

ひと跳びで、次の建物の屋根に到達。星々の光が雲にさえぎられ、あたりは完全な暗闇だ。

足もとに鈍い地響きを感じた。ドク・ミングやほかの老ベッチデ人に教わったすべての内容から判断すると、ここはエネルギー・ステーションにちがいない。開いたシャフトのそばを通り過ぎると、そこから温風が吹きだしていた。

屋根は、テラスのようなかたちをしている。角を曲がり、中央の建物まで数メートルのところで立ちどまった。四階の窓ふたつの奥に明かりがともっている。

ジェルグはその場に立ったままでいた。はっきりと、ベッチデ人四名の存在を感じる。鋭敏な感覚を解きはなてば、ほとんど四名のからだ自体を感じることができた。

照明の光芒を避け、暗い場所に向かい、中央の建物をかこむはりだし部に向かってジャンプする。壁にそって手探りで進むと、バルコニーに到達。

ここでふたたび待ち、ベッチデ人四名の気配を探ってみる。なにも異状を感じないので、先に進んだ。バルコニーから建物内部につづく通廊がのびる。自身は、照らされた窓のひとつ上の階にいた。

ここは照明されていないが、ジェルグは暗闇で方向の見当をつけるのにいかなる補助手段も必要としない。通廊にそって、人間の気配を感じる方向に進んだ。

ある扉のわきでしばらく立ちどまっていると、音もなく扉が横にスライドした。ジェルグはすぐに身をかがめたが、だれもあらわれない。

ゆっくりと前に進む。扉の奥にひろがる部屋の照明がついた。危険はまったく感じない。ドクが《ソル》の自動システムについて話していたのを思いだしたのだ。思いきって、部屋の奥に進む。

部屋にはだれもいない。これを目で確認し、はっきりと感覚でとらえる。いたるところに置かれた異質なマシンは見たこともない。明滅するいくつかのちいさなランプが注意をひいた。そのうえ、うなるような単調な音がかすかに聞こえる。

この奇妙な印象を心に刻みつけた。とはいえ、無害なものに分類する。つづく通廊から隣室に到達した。この部屋のようすもほとんど変わらない。それでもジェルグは、敵対者がいると思われる部屋のまさに真上にいるのだと感じた。

這いつくばり、耳を金属床に押しつけた。実際、かろうじて声が聞こえる。なにをいっているかはわからないが。

すばやく立ちあがる。好奇心が呼びさまされた。なにが階下でおこなわれているのか、知りたい。

屋外につづくちいさな窓は、音をたてずになんなく開いた。せまいはりだし部に這いより、下を見おろす。

五メートルほど下で、照明の光が外に漏れだしていた。地上までは二十メートル以上あるだろう。この高さを目にして、さすがのジェルグもひるんだ。

音をたてずに肩からザイルをはずし、キャッチャーを窓にしっかりと固定する。それから、ゆっくりとからだを外に滑らせた。そのまま数メートル下までザイルをたどり、明かりの漏れている窓のそばに近づく。ザイルに輪をつくり、そこに片足をひっかけて固定した。

用心深くわきにからだをかたむけ、窓からなかをのぞきこんだ。この部屋もまた、技術装置であふれている。男がひとり、行ったりきたりするのが見えた。ウエスト・オニールだ。まもなく、セント・ヴェインもあらわれた。

ここならベッチデ人たちの会話はかなり聞きとれた。バルダ・ウォントとフェンター・ウィルキンズの声も聞こえる。姿はこの不利な角度からではとらえられないが。

壁にからだを押しあて、一語一句を記憶する。同時に、これを意識内で〝はしり書き〟へのメッセージに変換した。自分がここで捕まったとしても、すくなくともドクにはなにが起きているかを知らせるべきだ。

一度、クロード・セント・ヴェインが窓に近づいたとき、間一髪で見つかりそうになった。それでも、自称キルクールの公爵は、ただ陰鬱そうな視線で窓の外の夜景を眺めただけ。このとき、ジェルグはもと船長の頭頂部がふくらんでいるのに気づいた。治療者が推測したように、セント・ヴェインは強奪したスプーディ六匹のうち三匹を移植したのだろう。つまり、ほかの三名はそれぞれ二匹を保持するわけだ。

会話の意味は部分的にしか理解できなかった。制御シグナルの話だったから。リレー・ステーション経由で惑星クランに到達するよう、定期的に発信しなければならないとか。ほかにも、マラガン、ファドン、スカウティの名前が一度、話題にのぼった。

ときおり老ベッチデ人は、たくさんのライトやスイッチがついた大型コンソールに近づく。そこには、基地とその周辺の一部をかたどった模型がならび、明るく照らされていた。老人が征服したこのコンソールは〝中枢論理回路〟と呼ばれる。四重保持者のみがこの装置をあつかえることを、セント・ヴェインはかくそうともしなかった。

もと船長はなにかが気にいらないようだ。論理回路から〝トリック信号〟とやらを得ようと、何度も試みている。ジェルグには、それがなにを意味するのかわからない。それでも、会話からわかった。セント・ヴェインはその信号で宇宙船をおびきよせ、手にいれようとたくらんでいるらしい。

ジェルグはこの情報も〝はしり書き〟の葉二枚に伝えた。

盗聴に集中するあまり、しだいに夜が明けていくことにほとんど気づかずにいた。

夜が明ければ、もはや暗闇はかくれみのにならなくなる。盗聴を打ちきり、ただちに姿を消さなければ。

ザイルをたどり、上階のちいさな窓に到達。建物内をぬける道は、あまりに長く複雑に思えた。そこで、直接、上方の屋根に向かうことにする。

用心深くキャッチャーをゆるめると、ザイルを上に向かってほうりあげた。三回試み、ようやくたしかな手ごたえを感じる。キャッチャーがぶつかり、建物の壁をたたくような音が発生。おそらく建物内にも響いただろう。

屋根に向かってザイルをよじのぼっていると、下方から興奮した声が響いた。ウエスト・オニールが窓から顔を出す。

「ブレイスコルだ！」キルクールス・ハンターが叫んだ。「やはり、だれかが基地に侵入したわけだ」

ふたたび、警報が鳴りひびく。

ジェルグは屋根の先端から二、三歩はなれ、周囲を見まわした。隣接する建物は、夜明けの明るさではっきりとわかる。ひと跳びでうつれるだろう。それでもあわてることはない。今後もザイルは必要にちがいない。そこで、迅速にザイルを巻いて束ね、硬材のついた先端部分だけをぶらさげる。

助走をつけ、隣接する建物に跳びうつった。これはエネルギー・ステーションだろう。

着地後すぐに、背後から足音が聞こえてきた。わずか数メートルはなれたところにロボット一体を発見。くりだされたアームにある金属の筒が不吉な感じだ。

電光石火のごとく、からだを回転させ、ザイルと硬材に必要な勢いをあたえる。末端がロボットの頸部に巻きつくと、ジェルグは両手でザイルをひっぱった。

ロボットがわきにかたむく。

ふたたび体勢をたてなおすひまをあたえず、狩人はロボットに向かって跳びかかり、四角い胸部に蹴りをいれた。ロボットは屋根の先端をこえ、音をたてながら落下する。すばやくザイルを束ねた。ポケットから火炎弾をふたつとりだすと、くるときに確認した開いたシャフトに駆けよって、安全装置をはずし、ひとつを下に向かって投げいれる。ドクの手を借り、用意しておいたものだ。ふたつめの火炎弾はまだとっておく。いたるところからロボットの足音が聞こえ、ベッチデ人反逆者の興奮した声が響く。

ジェルグは境界壁に向かってめいっぱい速く走った。屋根づたいに移動可能な最後の建物と壁のあいだには、十メートル以上の隔たりがある。さすがにかんたんには跳びこえられそうもない。

そこで火炎弾の安全装置をはずし、下に向かって投げる。明るい炎がたちのぼり、もうもうとした煙がたちこめた。数秒後にはまったく視界がきかなくなる。

すぐ近くで、ロボットの大きな呼び声が聞こえた。それでも、ジェルグはためらわない。ゆうに十五メートルの高さから、眼下にひろがる煙のなかに跳びこむ。両脚のばねをきかせて着地すると、巧みに転がって衝撃をやわらげた。ふたたび立ちあがるまで、二秒とかからない。

鋼壁に向かって急ぎ、キャッチャーのついたザイルを振りなげる。火炎弾はもうくすぶっているだけだというのに、ほとんど耐えがたい熱さだ。

ロボットがすぐそばに出現。だが、マシンがしかけてくる前にジェルグは姿を消した。目の前に壁があらわれ、ほっと安堵の息をつく。そこでキャッチャーを振りあげた。足音と叫び声がすぐそばに聞こえる。それでも、機敏な狩人はたちまち壁の上端にたどりつく。

もう一度、あたりを見まわした。クロード・セント・ヴェインが仁王立ちし、こちらに狙いを定めている。ビームは遠くはずれた。老ベッチデ人はこの手の武器のあつかいに慣れていないのだろう。

ジェルグ・ブレイスコルは脅かすようにこぶしを振りあげ、跳びおりた。ただちに森のはずれに向かって走りだす。

すぐそばの地面にビームがあたった。二、三度すばやい方向転換を試みる。背後を一瞥すると、ロボット数体が建物の屋根に立ち、こちらに向かって発砲していた。

森に駆けこめば安全だが、そこまですくなくとも八百メートルはある。ジェルグは思った。森までゆきつけないかもしれない。

笛のような音が聞こえ、思わず見あげた。光る球体が高く弧を描きながら、森のはずれから、頭上を飛びこえていく。

さすが、ドク・ミングだ。カタパルトの発射準備をまにあわせるとは。

弾丸はロボット基地のすぐ前に落下。たちまち、明るい炎があがり、もうもうたる煙がたちこめる。これで、標的を狙うロボットの視界がすべてさえぎられた。

数分後、狩人は無傷のまま森に到達した。

そこで、とうとう力つきて倒れこむ。ふたたび気がついたとき、ドク・ミングが村人数名とともに近づいてくるのが見えた。

だれよりも早く、フランチェッテが駆けよってくる。

5

ジェルグが収集した情報の分析により、すでにある程度の明白な全体像がつかめた。ドクのおかげで、狩人には理解できなかったことがらも明らかとなる。

「クロード・セント・ヴェインは正気を失ったにちがいない」治療者が推論する。「おそらく、スプーディがからだにあわなかったのだろう。われわれ、この有益なちいさな共生体についてほとんどなにも知らないが、人のからだにポジティヴに作用しない場合があるのは容易に想像できる。船長は誇大妄想におちいり、さらなるスプーディを得ようとした。それでもロボット基地から入手できなかったため、強硬手段に出たのだろう。これに、バルダ・ウォント、フェンター・ウィルキンズ、キルクールス・ハンターがみずから協力したのだ。セント・ヴェイン自身はスプーディ三匹、ほかの三名はそれぞれ一匹を追加した。これにより、かなりの知識の増加がもたらされ、ロボット基地を占拠し、支配下におさめることに成功したにちがいない。

もっとも、スプーディ四匹を保持することで、天才になろうとする試みが成功するとは思えない。クラン人もおろかではないから。もしそうなら、とっくにこの方法を用いて超生物となっていただろう。わたしの見解では、セント・ヴェインはいつか破滅するにちがいない。それまで、これ以上の被害がひろがらないようにしなければ。相手の計画はかなり明白だ。宇宙船一隻をここまでおびきよせ、強奪するつもりだろう。キルクールをはなれ、クランドホルの公爵となるために。その計画は協力者三名だけではとうてい達成できないもの。われわれの存在が必要なのだ。こちらが断固たる態度を崩さなければ、セント・ヴェインにまったくチャンスはない」

ドクのまわりに集まっていた人々は、これに同意した。

「こちらの火炎カタパルトは原始的武器だ」ドク・ミングがつづけた。「それでも、これで裏切り者に大目玉をくらわせるのだ。作業にもどってくれ。夕方までに、すくなくともあと五基を完成させなければ」

村人たちは解散した。

ジェルグ・ブレイスコルは、ドク・ミングの司令所近くの草むらで仮眠をとる。

昼ごろ、若者は起こされた。農民のひとりが集落からやってきたのだ。

「セント・ヴェインからあらたな通告があった」男は興奮をあらわに報告する。「きょうの日暮れまでに降伏しなければ、村を焼きはらうそうだ」

「ただの脅しではないな。相手にはこれを実行できる手段がある」

ドクはそういうと、村の重鎮たちを呼びよせ、討議した。農民も狩人も、かなりとほうにくれている。それでも、治療者が必要とすることに力を貸すと約束した。

「ここで降参すれば、すべてがむだに終わります」ジェルグ・ブレイスコルが口をはさむ。若者は昨晩の活躍で、村の英雄となっていた。「それゆえ、集落から避難することを提案します。まだ時間はある。森であれば、小屋のなかよりもうまく身をかくすことができるでしょう。とりわけ、ここでなら狂人の攻撃を逃れることが可能です」

「もうひとつの方法は、全員で集落にもどることだ」と、ドク・ミング。「セント・ヴェインがこれに気づけば、全滅させることを思いとどまるだろう。われわれ全員が命を落とせば、もう協力者を得られなくなるのだから。キルクールに宇宙船をおびきよせたあと、協力者が必要となるはず」

「相手は狂人ですよ！」若い女が叫んだ。「なにが起きるかわかったものではないわ。ブレイスコルの提案のほうがいいと思います」

「もちろん、いいにきまっているわ」フランチェッテが自信を持っていう。

ただちに結論に達した。村人はほとんど例外なく、集落からの避難を望んだから。ドク・ミングはしかるべき指示を出した。

「可能なかぎり、ロボット基地に悟られないような方法をとるのだ」と、人々に向かっていう。「セント・ヴェインにこちらの計画を気づかせてはならない」

午後遅くまでに、ベッチデ人全員が森に集まった。それぞれ、生きのこるために必要なものを携えて。

ジェルグは小屋に〝はしり書き〟をとりにもどった。フランチェッテは、黙ってついてくる。

森の宿営地にもどると、若者は人目につかない場所を探し、大事な植物をふたたび土に植えた。

「この場所をおぼえておくんだ、フランチェッテ」と、少女に告げる。「わたしになにかが起きたら、〝はしり書き〟をきみに託す」

少女はなんともいえない笑みを浮かべた。

「あなたにはなにも起きないわ。それはべつとしても、わたしには〝はしり書き〟は値打ちがないの。あの植物は、わたしの考えを読みとって言葉にできない。もうためしてみたわ。ドク・ミングもね。あなただけが、このちいさな奇蹟を起こせるのよ」

ジェルグはなにもいわなかった。いまの話は、なんとも薄気味悪い気がしたから。

ふたりはドクの避難所にもどった。すでにぜんぶで六基のカタパルトが完成し、治療者は森のはずれのさまざまなところに目だたないように設置させていた。

ベッチデ人はひとりのこらず、村から避難した。村はずれに見張り役数名を置いて。

夕闇が森の風景をつつみはじめたころ、見張り役がドク・ミングのところにやってき

た。息を切らしながら、

「セント・ヴェインがインターカムで最後通牒《さいごつうちょう》をつきつけてきた」と、報告する。「あと十五分の猶予をあたえるから、それまでに降伏せよとのこと」

治療者はきびしい目で人々を見つめ、くぐもった声でいった。

「クロード・セント・ヴェインにはあと十五分、考えなおす時間があるわけだ。つまり、その後はこちらの火の玉が基地を見舞うだろう」

ドクは指示を出し、カタパルト六基の発射準備がととのう。

それから、人々は待った。

ジェルグ・ブレイスコルはリラックスして、森の地面に横たわり、空を見つめていた。星々が輝きだす。数メートルはなれたところには、フランチェッテがすわっていた。少女を見やるが、相手には若者の顔が見えないほど、すでにあたりは暗い。

ジェルグは突然、勢いよく立ちあがり、

「あれを!」と、空をさししめす。

フランチェッテがすぐにそばにきた。

ひとつの光点が高速で星々のあいだを動いている。動きは非常に速い。恒星でも惑星でもないだろう。

「光点が見える?」少女にたずねる。

「ええ」フランチェッテがささやくようにいう。「あれはなに？」

「わからない」ジェルグが応じる。「ひょっとしたら、宇宙船じゃないかな」

「《ソル》かしら？」少女はこの言葉をおごそかに発音した。

「それはありえないよ」と、ジェルグ。この瞬間、視界から光点が消えた。「ひょっとしたら、セント・ヴェインがおびきよせたクラン艦かもしれない」

ロボット基地の向こう側、ベッチデ人の村があるあたりの空が、突然、炎につつまれた。数秒後、大きな爆発音が轟く。

「行こう！」狩人は叫び、少女の手をとった。

ふたりは森を駆けぬけ、視界の開けた場所に到達。

クロード・セント・ヴェインが、脅迫を実行したのだ。基地の高い建物のひとつから、炎のビームが大地をなぎ、ベッチデ人の集落を焼きつくした。

ふたりの背後から、ドク・ミングの声が聞こえる。

「全カタパルト、砲撃開始！」

ジェルグとフランチェッテは地面に伏せた。

数秒後、カタパルトの鋭い咆哮《ほうこう》が聞こえた。灼熱の火球が高い弧を描き、空中を飛んでいく。不気味な光景だ。

六つの火球のうち五つが目標に到達。ロボット基地の防御壁の向こう側に落下し、地面に衝突したさい、発火物が飛散した。建物のあいだがあちこち輝き、もうもうたる煙雲がすべてをつつみこむ。

さらにその奥の、村が位置するあたりは、血のように赤く輝いている。ジェルグは思った。小屋はすべて焼けおちたにちがいない。

ふたりはドクの臨時司令室に向かった。そこに到着すると、見張り役が報告にやってきた。小屋はすべて炎につつまれたそうだ。

治療者はこの痛ましい情報に、おちついて耳をかたむけた。

「男たちは全員、カタパルトへ」と、命じる。「一時間後にはふたたび発射できるようにしなければ」

ジェルグはフランチェッテと別れた。唯一の武器の発射準備を手伝いたい。

村人たちはなりふりかまわず働いた。それでも、カタパルト五基の発射準備がととのうまで、ほぼ二時間かかる。

すでに、ロボット基地の炎は鎮火していた。どのような効果をおさめたか、わからない。すべてを自分の目でたしかめるには、夜明けを待たなければならないだろう。

焼きつくされた集落では、いくつかの梁《はり》が輝くだけだ。

ドク・ミングは、当面はさらなる攻撃を見あわせた。貴重なカタパルトをあてもなく投入するわけにはいかない。戦いに直接必要とされない人々を森のさらに奥に移動させた。ロボット基地による急襲砲火を恐れたのだ。

ジェルグ・ブレイスコルは、フランチェッテに対しても危険地帯からはなれるように主張した。ロボット基地から五キロメートル以上はなれた場所に設けられた新しい宿営地に、自身で少女を連れていく。

ドク・ミングのもとにもどると、不運な事故を知った。ドクが地下洞窟に落ちて、脚を折ったというのだ。

治療者はみずから応急処置の副木をあて、薄暗い避難所でうずくまって意気消沈していた。

「外はしずかだ、ジェルグ」と、狩人に声をかけた。「仲間は安全を確保し、カタパルトの発射準備もととのった。一基は遺憾にも修復できなかったが、たいした影響はない。どうやら、セント・ヴェインも考えをまとめるため休戦にはいったようだ。基地ではなにも動きがないから。わたしはここにのこり、さらに作戦行動を指揮しようと思う」

＊

骨折した脚をかかえ、動けずに隣りに横たわるドク・ミングには、戦いを指揮するのはもう無理だろう。そう遠くないところで、ロボット要塞の炎のビームが荒れ狂う。

「わたしは行きます、ドク！」ジェルグ・ブレイスコルが叫ぶ。「応戦しなければ」

「指揮をとるのだ、若者よ」治療者がかすれた声でいう。「だれもがきみにしたがうだろう」

狩人が勢いよく走りだすと、村人たちに出くわした。恐怖のあまり逃げだし、カタパルトを無人のまま放置してきたようだ。

「ついてきてください！」若者は人々に向かって叫んだ。

数分後、男たち数十名が周囲に集まる。ジェルグはかれらを陣地の掩体に連れ帰った。年配の農民数名が、ジェルグについていくことを拒否したさいには、「ならば、勇気ある者といっしょに行くまでです」と、うなるように告げた。「裏切り者の陰険な攻撃に応戦しないわけにはいかない」

ロボット基地からの砲撃がやむと、ようやくジェルグは人々にもとどおりの秩序をもたらすことができた。遠い地平線に、夜明けが訪れる。

カタパルト五基が無傷であると判明。大急ぎで、火炎弾を大きなスプーン状の発射台につめこむ。

半時間後、発射準備がととのった。

「発射！」若い狩人が、力いっぱい叫ぶ。

視線を鋼要塞に注いだ。その方向では、恒星が地平線から昇っていく。

灼熱の火球が飛んでいくとほとんど同時に、基地の火器が殲滅《せんめつ》のビームを吐きだした。

村人たちは、掩体をもとめて走りだす。

ジェルグだけがしばらくその場にとどまり、自身がはなった火球のゆくえを見守った。

それらは、ゆっくりと要塞に落下していく。

この瞬間、巨大な影が景色をおおった。

ジェルグ・ブレイスコルは空を見あげる。

巨大な宇宙船が目にうつった。地上すれすれを漂い、音もなく近づいてくる。

巨大な球型船で、片側には球体よりもわずかにちいさなシリンダーがついていた。

鋭敏な感覚がある感情に襲われ、ジェルグは目眩《めまい》をおぼえた。鼓動の高まりを突然おぼえたが、この感情を説明できない。

6

クロード・セント・ヴェインは怒り狂った。村人たちに任務を強要する計画が失敗に終わったのだ。すでに農民も狩人も、ひそかに村をはなれていた。

さらに腹だたしいのは、中枢論理回路である。もと船長は天才的なトリックを駆使して、ロボット基地の主コンピュータを忠実な助手とすることにはたしかに成功した。それでも、論理回路との意思疎通は、いまだに困難であるとわかる。セント・ヴェインが宇宙船をおびきよせよと命じても、なにを望んでいるのか理解できなかったのだ。

ロボットはすでに火災をすべて鎮火させていた。ジェルグ・ブレイスコルがエネルギー・ステーションにあたえた損傷も修復ずみである。

ウエスト・オニールは、探知装置の前で何時間もすわったまま、ドク・ミングの居場所を特定しようとしている。セント・ヴェインは、この危険な敵を排除するつもりだ。「治療者がいなくなれば」ベッチデ人のもと船長は主張した。「ほかの者はすぐにでもあきらめるだろう。リーダーを奪えばいいのだ」

集落の殲滅がなんの役にもたたなかったと知り、セント・ヴェインの怒りは増した。キルクールス・ハンターがもたらした大ニュースにより、ようやく怒りがおさまる。

「公爵！」狩人が興奮をあらわに叫んだ。「探知機が信号をとらえました。すべてが勘違いでなければ、宇宙船にちがいありません」

ただちに老ベッチデ人は、オニールのもとにかけつけた。

「そのようだな」そういって、口笛を吹く。「これはいいニュースだ。一石二鳥とはまさにこのこと」

通信装置のスイッチをいれ、未知宇宙船に向かって呼びかけた。返答があると、いっきにまくしたてる。

「まさにいいときにきてくれた。ベッチデ人住民のほぼ全員が正気を失い、船長であるこのわたし、クロード・セント・ヴェインを攻撃してきたのだ。わたしは、まだ正常な者数名とともに、このロボット基地にたてこもった。住民はほとんど休むことなく、卑劣なカタパルトで攻撃してくる。緊急に援助が必要だ。敵のリーダーはドク・ミングという男で、住民を破滅に導こうとしている。どうかすぐに着陸し、われわれをここから救いだしてもらいたい」

返答があり、通信装置のスクリーンが明るくなる。クラン人の顔がうつしだされ、「わが名は、ファールウェッダー」と、告げた。「すぐに駆けつけるから、それまで持ちこたえるのだ」

これだけで会話は終わった。セント・ヴェインは両手をこすりあわせながら、「ウエスト、住民たちがかくれている森を砲撃するのだ！」と、命じる。「火球を発射するよう挑発しろ。船が到着したさい、すべてがいま話した筋書きどおりに見えるようにしなければ」

「これほど愉快なことはありませんね、公爵」キルクールス・ハンターが急いで応じた。

「ドク・ミングの居場所の見当はだいたいついています」

数秒後、大型兵器が轟き、殲滅のエネルギーが夜を駆けぬける。

「われらが最大の目的を思いだせ」セント・ヴェインが側近に告げた。「船を手にいれるのだ。ロボットはプログラミングずみだ。あとは、わが合図を待つだけ」

住民たちが反撃に出るまで非常に時間がかかったので、セント・ヴェインはいらだった。それでも突然、笑いだす。火球がロボット基地に向かって発射された、まさにその瞬間、偶然にも宇宙船が出現したのだ。

ようやくいま、ベッチデ人四名は気づいた。この船はこれまで見た数すくないクラン艦とはまったく違って見える。

セント・ヴェインはすでに勝利に酔いしれていた。宇宙船の規模が、自身のもっとも大胆な期待をもうわまわるものだったから。

*

十二日前、アトランはSZ＝1と中央本体からなる《ソル》に乗って、スプーディ・フィールドがかつて存在したヴァルンハーゲル・ギンスト宙域をあとにした。そこでは〝スプーディの燃えがら〟と名づけたアステロイドの問題にとりくまなければならなかった。

船内の空気ははりつめ、けっしてまだ申しぶんのない状況ではない。短期間にあまりに多くの変化が起きたせいだ。

アトランは状況を安定させるため、あらゆることを試みた。それでも、短時間ではほとんど効果は望めない。

まず重要なファクターは、これまで技術者として従事してきたソラナー二百名だ。そのトップにタンワルツェンがいる。みずからハイ・シデリトを名のるものの、この称号が本来なにを意味するかさえわかっていない。公式にはいまもなお、この男が《ソル》のリーダーである。アトランの影響がますます色濃くなりつつはあるが。

タンワルツェンは、あれこれいわずにアルコン人の権威を認めた。冷静かつ毅然とした態度で、たちまちアトランと折りあいをつけたのだ。その結果、アルコン人が次の目的地として惑星キルクールの名を告げたさいも、ほとんど議論はかわされなかった。

この四十がらみのソラナーはかつてクラン人船長に対し、ときに反抗的な態度をとったものだが、いまはアルコン人との協力関係がうまくいっているようだ。スプーディの燃えがらから救出した最後のクラン人四名をキルクールに連れていくというアトランの案にも、ハイ・シデリトは賛成だった。

その四名とは、アルクス、ヌルヴォン、ファールウェッダーと、女クラン人ダロブストである。四名は多数の人間が住まう《ソル》内を窮屈に感じ、ふたたび足で大地を踏みしめる瞬間を切望していた。クランでの出来ごとについては知らされている。アトランとその従者がそこでうけた冷ややかな態度は、すくなからずかれらにも伝染していた。

クラン人四名は中央本体の司令室近くに専用の個室をあたえられていた。キャビンをはなれず、他者との接触も会話も好まない。四名のうち、ひとりがつねに司令室にとどまり、乗員のあらゆる行動を観察している。

それよりもアトランをずっと心配させたのは、賢人のもと従者が船内生活に順応できるかどうかだった。ここでは、ちいさな摩擦や事件がつねに生じる。セネカは不具合を起こしたせいでこれらの問題にまったく関与せず、幹部乗員も技術任務の遂行に手いっぱいのため、早期解決の見通しはたちそうもない。

アトランを悩ませる懸念事項は、まだまだ多岐にわたる。まず、ゲシールと名のるあの奇妙な女の存在だ。実際、彼女の出自についてはなにも知らない。謎に満ちた美しい女で、超能力としか呼びようのない力を宿している。この異人の突然の出現に対するソラナーの興奮は、いまだ冷めやらない。それでも、アトランはさらなる騒動に発展しないよう配慮した。ゲシールを個室から外に出さず、だれにもそこに近づくことを許さなかったのだ。この未知の女の目を見つめると明らかな混乱におちいるというソラナーの不安は、これによって大幅に緩和された。

時機がくれば、アトランはゲシールの謎の解明に着手するつもりだが、いまは、さらに重要なことがらをかたづけなければならない。

積み荷のスプーディは、SZ＝1の倉庫三つにおさめられている。ここには危険はなさそうだ。

さらにアトランを悩ませたのは、バーロ人たちの奇妙な態度だった。この宇宙生まれはスプーディ採取が可能な唯一の人類だが、どうやら重大な危機にあるようだ。バーロ人は通常の乗員に組みいれられ、もう中央本体の孤独な空間に閉じこもる必要はなくなっている。これでかれらが活気をとりもどすものと、アトランは期待していた。

だが、実際はまったく逆だった。ガラス人間はあらゆる出来ごとに対し、興味を失ったように見える。そこらじゅうで無関心にしゃがみこみ、どんな質問にも答えようとしない。おまけに、多くが食事を拒否している。

これらすべてを、バーロ人がいまや役目を失ったという状況のせいにしてもよかったが、身体的衰弱にはべつの原因があるにちがいない。なぜなら、宇宙人間たちは、生きるために必要不可欠な宇宙遊泳すら拒否しているのだ。

バーロ人三百十八名の代表は、フォスター・セント・フェリックスという年配の男である。かれだけが、仲間の状態悪化の理由をほのめかし、こう告げた。

「あなたは誤った方向に飛んでいます、アトラン。あなたには好ましい方向かもしれないが、われわれにはそうではありません」

アトランはこの言葉にどう対処したものか、ほとんどわからない。ナンセンスに思えるのだ。バーロ人が《ソル》の飛行コースを把握できるわけがない。かれらが知るのはただ、ベッチデ人の惑星キルクールに短期滞在するということだけのはず。

ガラス人間の問題について、セント・フェリックスからそれ以上の情報を得ることはできなかった。いっても理解されないからと、なにも語ろうとしなかったのだ。

キルクールを訪問するのも、アトランは複雑な心情だった。そこに住む人々は、ソラナーの子孫である。それはまちがいない。この小グループがどのような発展を遂げたかについては、マラガン、ファドン、スカウティから聞いた。人々が《ソル》の帰還をどれほど心待ちにしているかも、惑星でちいさな文明を築いたこともわかっている。はたして、ベッチデ人を船内に迎えるのは正しいことなのか。かれらは何世代も前から、技術的援助のない世界で農民や狩人として生きてきた。慣れ親しんだ生活からひきはなすことがよろこばれるわけがない。

それゆえ、まだ星系のはずれを飛んでいるときから、決心はすでにかたまっていた。ベッチデ人をキルクールに住まわせたままにしておくのだ。そうすれば、いつの日か、かれらがクランドホル公国における重要な役割をはたすようになるかもしれない。

《ソル》がキルクールをめぐる軌道に乗ったさい、司令室には通常の技術要員のほか、アトラン、タンワルツェン、クラン人のファールウェッダーがいた。星系、とりわけ目標惑星の遠距離探知は、なんの異常もしめさない。

アトランが、キルクール上のクラン人のロボット基地に呼びかけようかと思案している最中に、受信装置が反応をしめした。

「これは、われわれの使うコードです」ファールウェッダーが確信して告げる。「わたしがかわりに応答しても、だれも文句はないでしょう」

タンワルツェンは探るようにアトランを見た。アルコン人が同意をしめしてうなずく。

ふたりは、クロード・セント・ヴェインとファールウェッダーとのあいだにかわされた短い会話の証人となった。

クラン人は、すぐに向きなおると、

「可及的すみやかに、クラン人基地に向かって飛ばなければ。正気を失った連中が、公爵の基地を危険にさらそうとしているようです」

アトランにとってもこの事件の早期解決は重要だった。そこで、しかるべき指示を出す。そもそも、この惑星では、クラン人支配下におけるベッチデ人がどのような状況にあるかを知りたかっただけ。スプーディの燃えがらから救出したクラン人四名をこの惑星に連れてくることは、あとから必要と判明したのだ。とはいえ、こうなったら、なんの事前調査もなくキルクールに着陸するしかない。

ファールウェッダーは《ソル》が惑星への直進コースをとったのを確認もせず、司令室から走りさった。一分もたたないうちに、ほかのクラン人を連れてもどってくる。

惑星にアプローチするあいだ、地表の映像がうつしだされた。クラン人たちははげしく興奮しだす。公国の基地が攻撃されているのだ。

「この罪深い行為をただちにやめさせなければなりません」と、アルクス。

「わたしにはむしろ、無害な小競《こぜ》りあいに見えるが」アトランが異議を唱えた。「われわれ、なにができるかようすを見よう」

「それは過小評価しすぎです」ダロブストが文句をいい、興奮のあまり、司令室内をうろうろしだした。「すぐに着陸しなくては」

「わかった」アトランがなだめるようにいった。「ロボット基地のすぐ隣りに着陸する。それから、じっくりとおちついてこの件を調べよう」

「行くぞ！」と、ヌルヴォンは叫んだ。

クラン人四名は司令室を勢いよく跳びだしていった。

「なにをするつもりでしょう?」タンワルツェンがたずねた。「まるで正気を失ったかのようです」

「誇りが傷ついたのだ」と、アトラン。「つまらない攻撃をうけ、堪忍袋《かんにんぶくろ》の緒《お》が切れたのだろう」

「それはどのような袋ですか?」ハイ・シデリトがたずねた。《ソル》を着陸させながら、スクリーンにうつる火球の攻撃を目で追っている。

「ただの古い慣用句だ。つまり、クラン人はみずからの誇りをとりもどすため、自身に、あるいはわれわれになにかを証明するつもりだろう」

《ソル》は、あと数メートルで惑星表面に到達する。中央本体とともに地表に接近すると、テレスコープ脚がくりだされた。

惑星とまだ接触しないうちに、タンワルツェン配下の技術者から報告がはいる。

「ハッチがひとつ開きました。第十八デッキCです」

「クラン人でしょう」と、タンワルツェン。

その推測は確認された。オープン・グライダーが中央本体から射出され、クラン人四名の姿がそのなかにはっきり見える。

アトランはみずからの非を認めた。このようなすばやい反応は予想もつかなかったのだ。クラン人の独断行動は許しがたい。

「わたしとしては、かれらが基地に向かおうとまったくかまいません」タンワルツェンがいささか軽蔑的にいう。最後のクラン人が船を出ていって、ほっとしたようだ。

「ロボット基地には向かっていない」アトランが主スクリーンをさししめしながらいう。

グライダーは森のはずれに向かっていた。そこから火球が発射されたのだ。クラン人は着陸すると、機から跳びだした。手には大型武器をかかえている。

「これはやりすぎだ、タンワルツェン」とうとう、アトランが怒りをあらわにした。クラン人たちの行動は、アルコン人から指揮権を奪ったも同然だ。「不幸が生じる前に、ただちに部隊を送りこもう。たとえ住民たちが正気を失っていたとしても、あのような武器で制圧するのは許されない」

「もう遅すぎます」と、ソラナー。「ですが、それほどひどい状況にもならないでしょう。わたしはあの武器を知っています。われわれのパラライザーのようなもの。あれでは人は殺せません。おそらく、おとなしくさせるだけのつもりでしょう」

カメラが中継する戦いはすぐに終わった。住民はほとんど抵抗しない。アトランには、かれらが狂人とは思えなかった。むしろ平和的にふるまっているように見える。

それでもクラン人はなんの容赦もしなかった。次々と男女を倒し、ますます森深くに踏みこんでいく。とうとう、その姿が見えなくなった。

半時間後、ようやくダロブストが姿を見せた。女クラン人はグライダーに乗りこむと、ロボット基地に向かう。

タンワルツェンが、彼女に向かって通信装置で呼びかけた。

「すべて順調」ダロブストが傲慢にもそう応じた。「狂人全員を麻痺させ、もう危険は過ぎさりました。ファールウェッダー、アルクス、ヌルヴオンはまだ森をくまなく探しています。まもなくもどってくるでしょう。わたしは基地にたてこもった者たちを迎えにいき、《ソル》に連れていくつもりです」

「気にいらんな」接続が切れると、アトランが告げた。「なにかがおかしい気がする」

「これからどうなるのか、見てみましょう」タンワルツェンが提案した。「住民たちに関してはそれから対処すればいい。ひょっとしたら病気かもしれません」

アトランはなにもいわずに、まもなくグライダーがロボット基地をふたたびはなれるようすを見守った。そこには女クラン人のほかに、ベッチデ人四名が乗っている。ダロブストは森のはずれでファールウェッダーたち三名を収容した。

機はふたたび《ソル》にもどるコースをとる。

＊

ロボット基地からは、ロボットが一ダース出現し、宇宙船に近づいてきた。

クロード・セント・ヴェインは、もっとも大胆な夢が実現するようすを見守った。グライダーは宇宙船に向かっている。頭のなかではすでにさらなる計画が練られていた。最終的にはクランドホルの公爵として、巨大星間帝国に君臨するのだ。

服従しようとしないおろかな村人など、もう不要だ。この船にはきっと、従者となる生物が充分いるだろう。

クラン人四名は、セント・ヴェインを丁重にあつかったもの。その理由は不明だが、本人は自分の力のおかげだと信じていた。

女クラン人ダロブストが基地に到着するすこし前に、念のため、古い宙航士用ヘルメットを探しだし、かぶっておいた。頭を守っておけば、なにかと利点があるだろう。

側近三名は、目の前にそびえる宇宙船を好奇心もあらわに見つめている。

「この船はなんという名ですか?」バルダ・ウォントがたずねた。

セント・ヴェインは女ベッチデ人を鋭く一瞥した。不適切な質問によって、自身の本当の目的を露見させるわけにはいかない。

「知らないのか?」ファールウェッダーが驚きの声をあげた。「これは《ソル》だ」

クロード・セント・ヴェインさえ、このとてつもない情報を処理するのに数秒を要した。一瞬、ベッチデ人種族の昔からの切望がこみあげてきた。ただひとつの目標、《ソル》の帰還である。

すぐに、性能のよすぎる脳をふたたび通常状態に切りかえた。これが《ソル》であるなら、当初思ったよりもことはさらに容易に進むだろう。もともと、クラン艦だと思っていたのだ。これまでクラン人の姿しか目にしなかったから。

だが、これでもうわかった。これから人類とも関わることになる。

「《ソル》?」キルクールス・ハンターがおもむろにくりかえした。

「もちろんそうだ」セント・ヴェインは、狩人がよけいなことを口ばしる前にあわててさえぎる。「わたしにはすぐにわかった。ただ、クラン人しか乗船していないのは不思議だが」

「そういうわけではない」アルクスがみずから説明した。「われわれはこの船によって、罪なき苦境から救いだされた。アトランはキルクールにわれわれを運び、ここからクランと連絡をとれるようにしようとしたわけだ」

「アトラン?」フェンター・ウィルキンズが唇を神経質に動かしながらいう。「わたしにとっては伝説の人物だが」

だれもこれには応じなかった。中央本体の船底エアロックが開き、グライダーを収容する。

「ついてきなさい」機が格納庫につくと、ファールウェッダーが告げた。

黙ったまま、ベッチデ人四名はクラン人のあとについていく。

「なにも気づかせてはならない」セント・ヴェインが仲間にささやいた。「最終目標だけを考え、ほかのすべてはわたしにまかせるのだ」

一行は、反重力シャフトで上昇。バルダ・ウォントは、慣れない未知の移動手段にふらふらしている。ベッチデ人のもと船長はただちに彼女をつかみ、しっかり支えた。

シャフトを出ると、ベッチデ人全員が安堵の息をついた。ひろい通廊ではだれにも出くわすことはない。

「ここはずいぶんと人気《ひとけ》がないようだな」と、セント・ヴェイン。

「その印象はあてにならない」ヌルヴオンが応じた。「一万人以上の乗員がいる。船内では散らばっているだけだ」

老ベッチデ人はあらゆる詳細を心に刻んだ。スプーディ四匹によって刺激された脳がすべてを正確に記憶する。

さらにべつの反重力シャフトで、司令室のあるデッキに到達した。ここではじめて、ベッチデ人はほかの乗員に遭遇。とはいえ、意味のない一瞥をうけただけだ。

「われわれの祖先です」ウエスト・オニールがささやきながら、セント・ヴェインをつついた。「あのうちのひとりにバーロ痣《あざ》がありました」

「いや。かれらの祖先がわれわれの祖先でもあるのだ。それには違いがある。だが、もう口を閉じるのだ」

一行はひろい空間に足を踏みいれた。室内は無数の技術装置であふれている。セント・ヴェインのきわめて活性化された脳でさえ、これらの装置がなんであるか、ただちにはわからない。

男ふたりが中央に立ち、期待に満ちたようすで客人を迎えた。

「こちらはアトランとタンワルツェン」ファールウェッダーが紹介する。「この船の指揮官たちだ」

クロード・セント・ヴェインは、自身と同行者の名を告げ、つづけていった。

「非常に感謝しています。あなたがたは、われわれを困難な状況から救いだしてくれた。われわれ、正気を失った住民に対し、もう長くは抵抗できなかったでしょう」

「それはどうだろう」アトランが疑うようにいう。「あのロボット基地なら、申しぶんなく安全なようだが」

「数日前から、火球による爆撃をうけてきました」と、老ベッチデ人が訴える。「炎はあらゆる開口部から押しよせ、たちまち燃えひろがったのです。生命の危険にさらされたのは、一度どころではありません」

「その男のいうことは本当です」女クラン人のダロブストが口をはさんだ。「基地内はほとんど焼け焦《や こ》げていました」

「それはどうでもいいこと」アトランが話題を変えた。「わたしは、住民たちになにが起きたのか、なにがこのような攻撃的態度をとらせたのかを知りたい」

「そして、わたしが知りたいのは」タンワルツェンが口をはさんだ。「きみたちが《ソル》に連れてこようとしているロボットがなんなのかだ」

アトランとソラナーたちは、すでにスクリーンと表示装置を目で追っていた。そこには、クラン人基地から宇宙船に向かってくるロボット十二体がうつしだされている。

「ああ、ロボットのことですね」セント・ヴェインはまるで天気の話でもするかのように応じた。「ほんのわずかな携行品を運んでいるのです。つまり、われわれはこの船にとどまりたいということ。キルクールでの生活に飽き飽きしているので。これについてはきっと理解してもらえるはず。なんといっても、これまでの人生において、ひたすら祖先の船の帰還を待つことしかしてこなかったのですから」

「きみたちを船に乗せるのはかまわない」アルコン人が認めた。「だが、ほかのベッチデ人はどうする?」

「キルクールにとどまればいい」セント・ヴェインはあざけるようにいった。「意識障害から回復するまで。この奇妙な病の症状は以前からありました。時間がたてばおさまります。今回もそうでしょう。そうすれば、ここでの暮らしをさらに細々とつづけていくことができます。あとでもう一度、ようすを見にいきましょう。わたしが見るかぎり、かれらはまったくこの惑星をはなれるつもりはないようですから」

「かれのいうとおりです」ファールウェッダーが同意をしめした。「二、三日もたてば、からだの麻痺もおさまるでしょう。われわれクラン人が基地にとどまります。なにか不都合が起きれば、必要に応じて介入できるように。忘れてはなりません。ベッチデ人はクランドホル公国の一員なのです」

「キルクールをはなれる前に、ベッチデ人の代表と話したい」と、アトラン。

「いま話していますよ」クロード・セント・ヴェインは、にやりとした。「ベッチデ人の代表はただひとり、船長と呼ばれるわたしです。正気を失った反乱者のリーダーは、森のどこかで意識を失って倒れているはず。まさか、その男と話したいわけではないでしょう？」

アトランの顔に不快感があらわれた。すべての状況はあまりに不透明で、早急に決断をくだすわけにはいかない。それゆえ、当面は妥協案を選ぶことにする。

「状況についてじっくり考えてみよう」と、慎重に切りだした。「それまで《ソル》はここにとどまる。ベッチデ人にはキャビンを提供しよう」

「クラン人の友よ、きみたちはどうする？」タンワルツェンがいささか皮肉にいう。

「あなたがたが出発を決断するまでは、船内にいます」と、ファールウェッダー。「それから、ロボット基地にもどることにしましょう」

ソラナー数名がクラン人とベッチデ人を司令室から外に案内するあいだ、アトランは

タンワルツェンをわきに連れだし、

「状況を明らかにするために、なにか手を打たなければ」と、告げた。

アトランもタンワルツェンも、ほかのソラナーも、だれひとりとして、セント・ヴェインの毛皮マントから聞こえた短いシグナルに気づかなかった。

老ベッチデ人は、安堵の息をついた。これは、ロボットがすべての準備を完了したという合図である。未来の訪れを平然と待ちうけよう。

7

《ソル》が着陸したとき、数名のベッチデ人住民は、森の宿営地からロボット基地への攻撃場所に向かっていた。それで、パラライザーをだれかれかまわず発射する、怒り狂ったクラン人から逃れることができたのだ。

そこで、このニュースを、戦場から遠くはなれたところに避難していた農民と狩人およそ百六十名に知らせる。

この避難所をひきいるのは、ハンナ・クレメントという年配の女だ。人々はとりわけ子供たちのため、毛皮で仮設住居をしつらえていた。

ニュースが伝わると、人々は森の空き地に集まった。だれもが完全にとほうにくれている。異宇宙船の出現は驚きをもたらした。かつての反逆者の子孫を迎えにくるべき《ソル》の帰還という夢が、あらたな意味を獲得したのだ。

人々はどうするべきかわからず、結局、男数名を偵察に派遣することで同意する。実際、ハンナ・クレメントはなんの手も打つつもりはなかった。不明な状況を鑑《かんが》みれば、これもまた唯一の正しい判断といえよう。

この消極的態度はフランチェッテには気にいらないが、仲間の計画についてはなにもいわなかった。ジェルグ・ブレイスコルとドク・ミングに思いをはせる。すべてを正しく理解したならば、ふたりはいまほかの戦士たちとともに森で意識を失って倒れ、不安な未来と向きあっているはず。

偵察に派遣すべき狩人が選出される前に、フランチェッテはこっそりかくれ場をぬけだした。母親にさえ、メッセージをのこさずに。

森をぬける道だけでも危険なことは承知のうえだが、あえてそうする。不安があらたな力をあたえた。恒星はすでに空高く昇っている。あと数時間もすれば正午だ。

気づかれずにかくれ場をはなれ、焼きつくされた村の方角に向かった。まずは川にそって移動する。ここではすばやく進めた。そのうえ、野生動物に襲われる危険もすくない。

何回か、あたりを見まわしたが、だれにもつけられていなかった。

一時間ほどで、森のはずれに到達。向こう側にはロボット基地がある。地面に横たわったまま動かないベッチデ人をすぐに発見した。身震いする。かれらにどのような危険がさしせまっているかわかったから。キルクールの野生生物は親切とはほど遠いのだ。

数名の心臓の鼓動を確認したところ、完全に硬直して意識を失ってはいるものの、生きているとわかる。すばやく行動して助けを呼ばなければ。だが、どうやって？　まったく方法を思いつかない。一瞬、ハンナ・クレメントのもとにもどろうかと考えた。そこでならすくなくとも、意識を失った者たちを野生動物の攻撃から守るチームを呼びよせることが可能だろう。

とはいえ、クラン人がまだ近くにいるかもしれない。それに、なにがなんでもジェルグを見つけだしたい。それゆえ、この計画を却下した。

破壊されたドク・ミングの避難所近くで、ジェルグを見つけた。からだをまるめたまま、森の地面に横たわっている。数メートルはなれたところに、治療者の姿もあった。ジェルグの心臓の鼓動はきわめてしずかで、正常だ。それでも身じろぎさえしない。少女はかれの上半身をひきよせ、木の幹によりかからせる。それから、水筒の水で若者の額を湿らせ、反応を待った。

ジェルグは動かない。

新鮮な空気がいきわたるよう、若者の毛皮マントの上半身のボタンをはずした。それでもなにも変わらない。そのさい、すでにしおれかかった〝はしり書き〟の葉が手の上に落ちてきた。狩人が胸ポケットにしまっておいたものだろう。

無造作にわきにどけようとしたところ、細く青い葉脈が変化しはじめたのに気づいた。まずジェルグを、それからふたたび〝はしり書き〟をじっと見つめた。

友は意識不明の状態でもまだなお、メッセージを伝えることが可能だというのか？　それとも、ただからだが硬直しているだけで、意識はあるのか？　麻痺ビームが、命中した者にどのように作用するのか、フランチェッテにはわからなかった。

形成されたわずかな文字は、ほとんど読めない。葉がしおれかかっているせいか、あるいはジェルグの意識が完全ではないせいかもしれない。ただ、いくつかの文字がかたちづくられるだけで、安定しない。

一瞬、文字が読めるような気がしたが、ふたたび完全に混沌とした模様と化した。

「ジェルグ」と、声をかける。突然、ひらめいた。「わたしの声が聞こえているかしら。もしかしたら、この葉がただしおれているせいかもしれないわ。わたしにはわからない。でも、あなたがどこに〝はしり書き〟を移植したかは知ってる。そこに新しい葉をとりにいってくるわね。だから、それまでがまんして。すぐにもどるから」

狩人の顔に反応は見られない。両目は開いているものの、あらぬかたを見つめたまま動かなかった。

フランチェッテは立ちあがると、急いで出発した。植物のかくし場所はそう遠くない。ジェルグのいいつけどおり、正確にその位置をおぼえている。〝はしり書き〟にもう腕がとどきそうなほど近づいたとき、ちいさな驚きを経験した。適当な葉を選ぼうとかがみこんだとたん、なにもしないのに一枚の葉が地面に落ちたのだ。

「ありがとう、〝はしり書き〟」と、つぶやいた。一瞬、まるで植物がそっと動いたように見えたが、きっと気のせいにちがいない。風はまったくなかったから。

急いで、帰路につく。

まだジェルグのもとにもどっていないというのに、葉には、はっきりとした文字が浮かびあがった。

〈よくやった、ハニー!〉

つまり、ジェルグには完全に意識があるわけだ。ただ、からだが麻痺しているだけ。若者の前にひざまずく。これはおそらく、これまで人類ふたりのあいだでかわされた会話のうち、もっとも奇妙なものだろう。フランチェッテが質問し、ジェルグ・ブレイスコルを見つめる。若いベッチデ人は空《くう》を見つめながら、思考を〝はしり書き〟の文字に変換し、答える。

「わたしのいうことがわかる?」

〈ああ〉

「なにがあったの?」

〈くわしくはわからないが、クラン人が四名やってきて、われわれを制圧した〉

「どうしたら、あなたを助けられるの?」

〈わたしを助ける必要はない。ほかの住民を助けてくれ〉

「どうやって？」

〈宇宙船から、いいインパルスを感じる。そこには、善の存在がいるにちがいない。おそらく、人類だろう〉

「人類？　まちがいないの？」

〈ああ。宇宙船もまた、善の放射をはなっている〉

「あれは《ソル》なの？」

〈ひょっとしたら〉

一瞬、フランチェッテは沈黙した。実際、これが待ちこがれた《ソル》ならば！　その思いに興奮でつつまれる。ジェルグは〝はしり書き〟の葉に新しい言葉をつづった。

〈善人を見つけ、この葉を持っていくんだ。きみが正しい場所にいれば、わたしはそれを感じるだろう。われわれ全員がそこからの援助を必要としている。裏切り者セント・ヴェインには用心しろ〉

少女はそれを二回読みなおした。

「どうやって宇宙船に入ればいいの？」

〈わからない。でも、やってみてくれ〉

「なんとかするわ。もう行ったほうがいい？」

〈ああ。きみを愛している。おぼえておいてほしい。それでも、きみはいま、すべての

〈ベッチデ人のためになにかをしなければ。幸運を祈るよ〉

「わたしたちみんなの幸運を祈るわ、ジェルグ」

少女は若者の頬をなでた。心がえぐられる思いだ。ジェルグがこれに反応できないなにポケットに忍ばせる。んて。

ジェルグを最後に一瞥すると、少女は急いで立ちさった。〝はしり書き〟の葉を慎重にポケットに忍ばせる。

巨大宇宙船まではほんの数百メートルだ。船は高くそびえ、あたりに長い影を投げかけている。不気味な感じすらおぼえた。

フランチェッテは強い不安に駆られた。それゆえ、自身にとりもっとも好ましい道がどれであるかについて、長くは考えこまない。大股で直接、宇宙船に向かって急いだ。見わたすかぎり、人類もクラン人の姿もない。それでも、見張られているという気がしてならなかった。

呼べば相手に聞こえる距離まで船に接近すると、大きな支えで地面に立つシリンダー部分の開口部に気づいた。もっとも、入口まではとてもとどきそうもない。

とほうにくれて、宇宙船の脚部で立ちすくんだ。その上に鎮座する巨大な球体が、圧倒するかのように頭上でアーチを描く。呼びかけようとしたちょうどそのとき、突然、見えないなにかにつかまれ、からだが持ちあがった。

必死につかむものを探すが、さらに上昇していく。恐怖のあまり、声も出ない。

それから、無理やりからだが横に滑り、開口部に向かう。そこに到着すると、やさしく床の上におろされた。

まだ、ふらふらしていると、人間がふたり近よってくる。まちがいなく、ベッチデ人だ。とはいえ、同胞とはまったく違う服装をしている。少女が宇宙船について知るわずかな知識によれば、船の乗員にちがいない。

「そこにいるのは、だれかな」年配の男がやさしく声をかけてきた。

「フランチェッテといいます」少女はしっかりした声で告げた。「ベッチデ人よ」

気づかれないように、毛皮マントから〝はしり書き〟の葉の一部をとりだし、一瞥する。そこにはなにも書かれていない。つまり、このふたりは、話すべき相手ではないということ。

「なぜ、ここにきたの？」もうひとりがたずねる。「好奇心かな？」

「好奇心ですって？」フランチェッテは怒りをおぼえた。「きっとあなたがたは、わたしたち種族がどのような状況にあるかを知らないのね。すぐにこの船の船長のところに案内してください」

「船長だって？」男ふたりは探るように少女を見つめた。おもしろがってさえいるようだ。「だれのことだろう？　タンワルツェンかな。あるいはアトラン？」

フランチェッテは黙ったままでいた。知らない名前ばかりで、どうしようもない。ひとりが、わきの壁に設置されたちいさな箱に向かった。しばらくそこで話していたが、フランチェッテにはひと言も理解できない。

ようやく男はもどってくると、

「ついてたね、ちいさな狩人さん」と、告げた。「アトランがきみを歓迎するそうだ」

ふたりは笑ったが、フランチェッテにはその理由がわからない。

「ついておいで」

司令室までの道のりは、少女には冒険のようだった。周囲には見慣れない景色がひろがる。もっともひどいのは、大きなパイプに足を踏みいれたときのこと。おだやかだが、とどまることのない上昇運動をともなう無重力状態の感覚で、ほとんど胃がひっくりかえりそうになる。

ようやく、足もとにふたたびしっかりした床が出現。

「わたしをどこに連れていくの？」おびえたようにたずねる。「クロード・セント・ヴェインのところ？」

「クロード・セント・ヴェイン？」年配の男がくりかえした。「その名は聞いたことがないな」

「わたしもだ」もうひとりがいった。「セント・ヴェインという名の人物は、わたしが知るかぎり《ソル》にはいない」

フランチェッテは立ちどまった。

「《ソル》っていったの？」息がとまる。

「もちろんだ。きみはこの船が《ソル》だと知らないのか？」

フランチェッテは目眩をおぼえた。歩きだすと、よけいにふらふらする。これまでの人生で、いかなるかたちであれ《ソル》が登場しないおとぎ話を一度も聞いたことがなかった。ここが実際、祖先の伝説的宇宙船だとはとうてい思えない。

とても信じられなかった。

フランチェッテは突然、キャビンのなかに立っていた。目の前には背の高い男が見える。銀髪で、やさしい目をしていた。少女はどうしていいかわからず、顔にかかった長い黒髪をはらいのける。周囲はこの男同様に異質な感じがした。男はこちらを探るように見つめている。奇妙で不気味な光をはなつマシンの前に立つほかの男女も、少女に注目していた。

「わたしがアトランだ」男がよく響く声で告げた。「きみは？」

「フランチェッテ」少女は消えいるような声で答えた。「ベッチデ人です」

「すわって、なぜここにきたかを話してくれないか？」

少女は一瞬ためらい、このあらたな映像を心に刻みつけた。それから、慎重に〝はしり書き〟の葉をマントからとりだし、一瞥する。

〈きみは正しい場所にいる〉そこにはそう書かれていた。

＊

アトランにとり、この少女はベッチデ人の具体的状況を知る絶好のチャンスだった。フランチェッテは、成型シートをすすめられると、百五十六センチメートルのからだをそこに沈めた。

「恐がる必要はない」アルコン人が気づかうように声をかけた。ベッチデ人の少女はおちつかないようすで周囲を見まわし、緑の葉を両手でさわっている。

「恐くなんてありません」少女がいう。「善人といっしょにいるのですから」

「おもしろいことをいう」アトランがゆっくりといった。「なぜ、そう確信できるのだ？」

「ジェルグが〝はしり書き〟でわたしにそう告げたの」少女は葉を持ちあげた。

アトランは〈きみは正しい場所にいる〉と、葉に書かれた文字を読んだ。まもなく、アルコン人の目の前で文字が消え、葉脈がかたちをかえる。

〈宇宙船の大執政官に、なにがわれわれに起こったのかを話すのだ〉

「ほら」と、フランチェッテ。「ジェルグがなにをもとめているか、わかるでしょ？」

アトランは、いまだに驚きながら文字を見つめ、「ジェルグとは？」と、たずねた。

「ジェルグ・ブレイスコル」少女が答えた。「種族の勇敢な狩人です。ロボット基地に潜入し、正気を失ったセント・ヴェインの話を盗聴さえしました。船長は……もちろん、クロード・セント・ヴェインのことだけど……頭がおかしいのです。ドク・ミングによれば、スプーディ四匹をいれたせいだとか。セント・ヴェインは、ベッチデ人とクラン人全員を指揮下におさめ、クランドホルの公爵となるつもりです」

「待ってくれ」アトランが少女のほとばしる言葉をとめた。「ブレイスコルといったか？」

フランチェッテはうなずいた。

「ジェルグの名字です。なにか気になることでも？」

アトランは、ブジョ・ブレイスコルを思い浮かべずにはいられなかった。かつて、もっとも重要なソラナーのひとりだった男だ。この猫男と呼ばれた存在は、短期間だが、ミュータント部隊に属していたこともある。四百年以上前、ペリー・ローダンが《ソル》をソラナーに譲ったさい、ブジョは船にのこる道を選んだ。

アトランはコスモクラートのもとをはなれたあと、長く深層睡眠状態にあったこのミュータントと再会した。その後、猫男がどうなったかについては、当時の話からいくらか知っている。とうに亡《な》くなったようだが、ブジョには子供がひとりいた。ジェルグ・ブレイスコルというのは、この子孫にあたるにちがいない。

「つまり、ジェルグ・ブレイスコルはこの葉を使って思考を言葉にできるわけだな？」と、たずねてみる。

少女はふたたび、うなずいた。

「かれは森のなかで横たわっています。クラン人に理不尽にも撃たれて意識不明におちいった、ほかのたくさんの村人といっしょに。かれらには助けが必要です。ジェルグは、クロード・セント・ヴェインに気をつけるよう警告してきました」

アトランは葉を少女に返した。それから、タンワルツェンとともにさらなる質問を投げかける。まもなく、キルクールにおける事件の重要な点はすべて把握した。

「あのセント・ヴェインとやら、わたしには不気味に思えましたよ」と、タンワルツェン。「ただちに、かれとその仲間を拘束するよう手配します」

アトランがこれについてなにか答える前に、フランチェッテが葉をかかげ、「見てください！」と、興奮して叫んだ。

〈気をつけろ！　セント・ヴェインがくる！〉葉には、大文字でそう書かれている。

その瞬間、司令室のハッチが開いた。クロード・セント・ヴェインが、バルダ・ウォント、フェンター・ウィルキンズ、クラン人のファールウェッダーをともない、室内に足を踏みいれる。老ベッチデ人は変形したヘルメットの下で尊大な笑みを浮かべた。

「聞いたところでは、正気を失った女ベッチデ人を船内に迎えいれたそうですな」その声には危険な響きがある。「ほら、そこにすわっている。このような処置を見すごすことはできません。ただちに姿を消してもらいましょう」

「ここで起きることがらは、きみが決めることではない」アトランが冷淡に応じた。

「この少女は、キルクールでなにが起きているかをきわめて明瞭に知らせてくれた」

「この狂人を信じるので？」セント・ヴェインが不安そうにたずねた。

「だれが真実をいっているのかを見きわめるかんたんな方法がある、セント・ヴェイン。ヘルメットをはずしてもらおう」

アトランが驚いたことに、ベッチデ人はためらうことなく、この要求にしたがった。それどころか、アルコン人に近より、頭を軽く前にかたむけたのだ。

「これを見たかったのでしょう」と、あざけるようにいう。「よくごらんください。そうすれば、わたしが何者かわかるはず。四重保持者です。おかげで、すべてを見きわめる力を授かりました。それゆえ、わたしの思いどおりのことがここで起きるのです」

「痛みをともなうことなく、スプーディを除去しよう」タンワルツェンが冷静に告げた。

「そうしたら、ふたたび正常にもどれるかもしれない」

「そうはさせない」ベッチデ人がいきりたつ。「わたしに指一本でも触れたら、この船はスクラップと化すだろう」

これまで黙っていたファールウェッダーが、元気なく口を開き、

「われわれ、過ちをおかしました」と、告げる。「誤った側の味方についたのです。この怪物はロボット基地を征服しました。おそらくスプーディ四匹の力で、それが可能となったのでしょう。ダロブストと、ソラナーのツィア・ブランドストレムが拘束されました。これにより、われわれを意のままに操るにちがいありません」

「そういうことだ」クロード・セント・ヴェインが告げ、両手を腰に押しあてた。「おまえたちおろか者にはもちろん、わたしが重要な使命を授かっていることは理解できないだろう。キルクールス・ハンターが、捕虜ふたりをかくれ場で拘束している。たとえ、おまえたちがかれを見つけたとしても、なんの役にもたたない。わたしがプログラミングしたロボットが、すでに《ソル》のさまざまな場所に爆弾をしかけた。ウエスト・オニールもわたし同様、それらに点火することが可能だ。さ、これ以上わが命令にはむかうかどうか、よく考えてみるがいい」

ツィアの名を聞いたとたん、タンワルツェンが唇を嚙みしめた。両手をこぶしに握っている。できれば、老ベッチデ人に向かって突進したいくらいだろう。

「つまり、事実はそういうわけだな、セント・ヴェイン」アトランが時間を稼ごうとしてそういった。

「これからは、〝クランドホルの公爵〟と呼ぶように」ベッチデ人がうなるようにいう。「罠をしかけようとは思うな。いずれにせよ、わたしをだますことなどできはしない」

「いいだろう」アルコン人がこれを容認する。「で、これからどうなる?」

「クラン人とこの女ベッチデ人は、ただちに船から出ていくのだ」セント・ヴェインが命じた。「それから、クランに向かって出発する」

「明朝までは出発できない」と、タンワルツェン。「着陸のさい、不具合が発生した。まだ、その修理中なのだ」

クロード・セント・ヴェインの目が意地悪く光った。

「ならば、急げ。むだにできる時間はない」

そう告げると、フェンター・ウィルキンズを見張りにのこし、バルダ・ウォントとともに司令室を出ていった。

「わたしは、フランチェッテを船の外に連れていこう」アトランがタンワルツェンに告げた。「きみにはクラン人の世話をたのむ。われわれ、新しい公爵の命令を可及的すみやかに忠実に実行しなければ」

タンワルツェンが無言でうなずいた。

8

クロード・セント・ヴェインがタンワルツェンの見えすいた嘘にこうもやすやすとひっかかるとは。四重保持者であるにもかかわらず、弱点があるのだと、アトランにははっきりとわかった。とはいえ、軽率な行動にはしるようなまねはしない。セント・ヴェインが重い精神疾患をかかえているのは明白だから。非常に危険だ。疑いの余地はない。要求にしたがわなければ、あの男は脅迫を実行にうつすだろう。

アトランは、スプーディがとりわけ多重保持者にもたらす影響について、豊富な知識を持つ。早晩、カタストロフィ、あるいは完全な肉体的崩壊をもたらすにちがいない。崩壊寸前の段階にあるセント・ヴェインの行動は、予測不可能というわけだ。

フランチェッテの証言によれば、あの老ベッチデ人が四重保持者となったのはごく最近とのこと。そのため、いつ崩壊するかは予測がつかない。どうやらセント・ヴェインはすでにスプーディ一匹だけで、負の影響をうけていたようだ。そのようなケースはたしかにまれだが、ときおり生じる。

ベッチデ人のもとリーダーが、自身の力を過大評価しているのは明らかだ。だが、かれは過ちをおかした。さもなければ、見張りなしでアトランに少女を連れて《ソル》内を歩かせたりはしなかっただろう。

フランチェッテはアトランにしたがい、中央反重力シャフトに向かっていく。「われわれ、セント・ヴェインを制圧する」アトランが少女に告げた。「それにはきっと時間がかかるにちがいない。それまで、わたしの行動はかなり制限される。きみはまずきみの種族、とりわけ麻痺した人々を助けるのだ。しかるべき薬剤を持たせよう」

開いたエアロックのあるデッキに到着する前に、アトランはシャフトをはなれ、フランチェッテとともに医療センターを訪ねた。麻痺したベッチデ人の手当てに必要な薬剤を少女に手わたす。《ソル》の医師をいっしょに行かせるようなまねはしない。セント・ヴェインかその仲間が、だれも許可なく船をはなれることがないよう、司令室で見張っているだろうから。

最後に、小型の携帯通信機を少女に手わたし、かんたんに使い方を教えた。

「これは非常事態用だ」と、説明する。「真の危険が迫った場合のみ、使うように。セント・ヴェインとその手下を制圧したら、この装置を通じてきみたちに知らせよう。すべて、マントの下にかくすのだ。宇宙船から見えないところまではなれたら、とりだすように。それから、ひとつたたのみがある。〝はしり書き〟の葉をここに置いていってもらえないか？　そうすれば、きみたちの状況をジェルグ・ブレイスコルが知らせてくれるかもしれない」

「もちろんです」フランチェッテは快諾し、アトランに葉を手わたした。「通信機はジェルグに手わたします。ふたたび完全に意識をとりもどしたら」

「そうしてくれ」アトランが満足そうに告げる。これで、ベッチデ人のためにいまできるあらゆる手をつくした。この先はすべて、あの正気を失った男をいかに制御するかにかかっている。「さ、急ごう。さもないと、公爵閣下が不必要に勘ぐりだすだろう」

フランチェッテはアトランに別れの言葉を告げずに立ちさった。すぐに再会できると確信しているのだろう。エアロック室の牽引ビームが少女をやさしく地上に運ぶ。

フランチェッテは一度も振りかえることなく、帰途を急いだ。

アトランが司令室にもどる途中、突然、クロード・セント・ヴェインが目の前にあらわれた。

「彼女になにをわたした？」老人が疑うようにたずねる。「毛皮マントが目だつほどふくらんでいたぞ」

「なにも」アトランは、四重保持者の顔をまっすぐに見つめた。「信じられないのならば、彼女のあとを追ってたしかめるがいい」

「そうなれば、そちらの思うつぼだろう」セント・ヴェインがうなるようにいう。「意図がわかったぞ。わたしを船から追いだすつもりだな」

「どうとらえようと、わたしにはどうでもいい」アトランはもうベッチデ人には目もくれず、司令室に向かった。

セント・ヴェインはじつに驚くべき人物だ。どうすれば、これほど早く《ソル》内の勝手がわかるようになるのか。スプーディ四匹が、この男の脳を総動員させたにちがいない。

目的地に到達する前に、アトランはカルス・ツェダーに出くわした。タンワルツェンの側近のひとりだ。

「ハイ・シデリトがクラン人三名を船から連れだしました」肩幅のせまい痩軀《そうく》の男が報告する。「みずから、かれらをロボット基地に運んだのです」

アトランの関心はクラン人の問題に向けられた。明確な意図があって、この任務をタンワルツェンに託したのだ。《ソル》技術要員のリーダーはなんといっても、この銀河の種族との関係においてもっとも長い経験を持つ。クラン人船長のもと、ソラナー二百名とともに《ソル》をスプーディ船としてひきいてきたのだから。タンワルツェンなら、この状況下でクラン人に、セント・ヴェインとそのばかげた行為に対抗するための援助をたのむことができるはず。

たいして背の高くないタンワルツェンが毛穴の目だつ顔でよたよた歩くようすは、温厚だがきっぱりとしたその性格とあいまって、クラン人の目にも信頼のおける男としてうつるのだろう。弁もたち、自信にあふれた人物だ。かれがクラン人を感化できないのであれば、ほかのだれにも不可能なはず。

アトランはまた、クラン人の罪悪感も重要視した。かれらは、ベッチデ人に対する性急な攻撃を過ちだったと認めている。

そう考えながら、司令室にもどった。室内をおちつかない空気が支配している。無理もない。タンワルツェンはまだもどっていないようだ。

フェンター・ウィルキンズが疑うようにアトランをじっと見つめた。この農民は、二重保持者のくせに、現在の状況にほとんど対応できないようだ。

「セント・ヴェインのロボットは船から出ていきました」乗員のひとりが報告する。

「そのほかには、なにも起きていません」

「セント・ヴェインではなく、〝クランドホルの公爵〟だ！」ウィルキンズが怒りをぶちまける。

アトランは〝はしり書き〟の葉をいつでも確認できるよう、目だたないようにわきに置いた。いまのところ、なんの文字もあらわれない。

状況は変わらないまま、タンワルツェンがもどってきた。浮かない顔をしている。クラン人との交渉がうまくいかなかったと、アトランには言葉をかわさなくともわかった。

「かれらはわれわれに要求しました」と、タンワルツェン。「ただちにダロブスト解放のために努力するようにと」

「それは、なにもむずかしいことではない」フェンター・ウィルキンズが口をはさんだ。「船の出発準備がととのいさえすれば、捕虜のクラン人とソラナーは解放される。その後はわれわれがかくした爆弾だけで充分だ」

だれも、ベッチデ人に答えなかった。

*

フォスター・セント・フェリックスは、おちつきなく宇宙船内をうろついていた。分刻みで気分がころころと変わるが、その原因はわからない。

一度など、欲求に圧倒され、《ソル》上層部をせっついて船を出発させたいと痛切に思った。そうすれば、宇宙空間に出て〝Eショック〟を充塡することができるから。だが、やがてふたたび眠気に襲われ、なげやりな気持ちになり、ほかのすべての願望も忘れてしまうのだ。

バーロ人三百十八名の代表に任命されたという自覚はほとんどない。これについて考えてみると、ガラス人間たちに選ばれたのか、それとも《ソル》上層部によってこの役目を割りあてられたのか、もう思いだせない。

ただひとつの感覚だけが、数日前からずっと消えなかった。特定方向の目的地にいざなおうとするなにかを自身のなかに感じる。その衝動は漠然としたものだが、明らかに空間的指向性を持つ。これまで確認したことすべてによれば、目的地は《ソル》内でなく、遠くはなれたところにあるにちがいない。というのも、スプーディの燃えがらからキルクールに向かったあとも、この方向は変化しないから。

使われなくなった居室があるセクターで、ほかのバーロ人ふたりと遭遇した。ふたりがこちらに注意をはらうことも、たがいに言葉をかわすこともない。フォスターにとっても、あえて話しかける理由はない。わかっているのは、ほかの宇宙生まれも自身と同じ状態にあるということ。それを感じる。ソラナーたちと乖離《かいり》しているのだ。あるいは、これはバーロ人を襲った未知の病気なのか？　老バーロ人にはわからない。これらの考えも一瞬頭に浮かんだだけで、まもなく、その大部分をふたたび忘れてしまう。

まったくの偶然で、倉庫に足を踏みいれた。ちょうど、未知の衝動がいざなう方向にあったのだ。ひょっとしたら、それゆえみずからハッチを開けたのかもしれない。

思考力があまりに低下していたため、室内の照明がついていたことになんの驚きもおぼえなかった。収納されている予備の機器類や、スイッチの切られたロボットのあいだを、おちつきなくうろつく。すると突然、ひとりの男に出くわした。その奇妙な衣服が注意をひく。

毛皮マントに身をつつむこの男を、フォスターはこれまで見たことがなかった。男が手に持つブラスターにも、その目に宿る危険な光にも気づかない。

「きみはきっと芸術家にちがいない」と、苦しそうに声をかけた。言葉を唇から絞りだすのも、ほとんど苦痛だ。

相手は驚きのあまり、立ちすくみながらも、

「そこにすわれ」と、命じ、武器でわきをさししめす。

ガラス人間は、おもむろにこうべをめぐらした。異人がしめした方向には、ソラナー女性と女クラン人の姿がある。

「なぜ、そうしなければならない？」と、ぼんやりたずねた。「わたしはきみの問題にはかかわらない。だから、そっちもわたしのことはほうっておいてくれ」

そう告げると、踵《きびす》を返し、まるでなにごともなかったかのように歩きはじめた。

異人が跳びかかってくる。腕をつかもうとしながら、

「待て、さもないと撃つぞ！」と、怒りをあらわに叫んだ。

ところが、バーロ人のかたい皮膚に触れたとたん、驚いてその手をひっこめる。

「あんたはロボットかなにかか？」と、つぶやいた。

宇宙生まれは、相手を同情の目で見つめ、

「撃ちたいなら、わたしは抵抗しない」と、ほとんど唇を動かさずに告げた。「だが、

このまま行かせてくれたら、きみとここで会ったことはだれにも口外しない」

フォスターは異人には目もくれずに、倉庫をあとにする。

隣接する通廊で、ソラナーふたりと出くわしたときは、すでにこの事件のことを忘れていた。

あらぬ方向をめざしたいという衝動が、ふたたび強まっている。そろそろ、ハイ・シデリトを探し、《ソル》の出発をうながしたほうがいいだろう。

＊

フランチェッテは、森に到着すると安堵の息をついた。ここではじめて、巨大な宇宙船を振りかえる。つまり、これがすべてのベッチデ人の憧れの対象《ソル》なのだ。

毛皮マントの下に、薬剤と通信機をいれた袋を感じた。走りだし、まもなく、ジェルグとドク・ミングをのこしてきた場所を見つける。

そこではなにも変わっていなかった。

狩人のかたわらにひざまずき、持ち帰った品をとりだす。

「まず、あなたを助けるわ」安心させるように声をかける。「それから、なにが起きたかを話すわね」

少女は薬剤をとりだし、保護フィルムをはがした。アトランが手本をしめしたように

ジェルグの頸筋に押しあてながら、

「すぐに動けるようになるわ」と、告げる。

ふたつめの薬剤をドク・ミングの皮膚に押しあてた。

少女は根気よく数分待つ。すると、ジェルグが動きはじめた。まず腕がぴくりとし、それから両目が動くようになる。

若者はフランチェッテの助けで、立ちあがった。手足をのばし、なにかをいおうとしている。これがうまくいくと、ドク・ミングも動きはじめた。

少女とジェルグは、脚を骨折して立ちあがれない治療者のそばにすわった。

「もどってきたんだね」ジェルグがほっとしたようにいう。

少女はうなずいた。

「報告することがたくさんあるの。でも、まずは重要事項からね。そこの平原に着陸した宇宙船は《ソル》よ」

フランチェッテは、まず疑いの視線を、それから感激の視線をうけた。

少女が体験したことを語りはじめると、治療者と狩人は黙って耳をかたむけた。フランチェッテはジェルグに携帯通信機を手わたし、使い方を説明する。

ドク・ミングは、薬剤プラスターのはいった袋をうけとった。

ジェルグはそのうちのひと握りをつかむと、仲間を麻痺から解放していく。すると、こんどはこの者たちが、クラン人の犠牲となったほかの者たちの手当てをした。

若者が治療者と協議するあいだに、ますます多くのベッチデ人が集まり、最新事情を把握していく。数名が《ソル》を見るために、森のはずれまで駆けていった。

ようやく全員が集まると、ジェルグが口を開き、告げた。

「みなさん。ここで起きたすべての出来ごとについては、知ってのとおりです。裏切り者セント・ヴェインに対する戦いは無意味ではありませんでした。これにより、自由を守ったわけだから。長いあいだ待ちこがれた瞬間が、いま訪れたのです。われらが祖先の船《ソル》がもどってきました。これがどのような深い意味を持つのかは、だれもが知るところです。とはいえ、ただ船に向かい、乗船したいと告げるわけにはいきません。犯罪者クロード・セント・ヴェインが狡猾《こうかつ》な手口で船を支配しています。われわれは《ソル》の友たちを信じ、ここで待たなければならない。かれらがセント・ヴェインとその仲間を制圧するでしょう。そのときまで、避難所にとどまってください。ここにこるのは、ドク、伝令として数名の男たち、わたしだけです。危険が排除されたら知らせます。そうしたら、家財を持って平原に集まってください。われわれの兄弟姉妹と団結するために」

「たのみがあるのだが」治療者が軽く異議を唱えた。「わたしも避難所に運んでもらえないか。この骨折した脚では、足手まといになるだけだ。ジェルグ・ブレイスコルは仲間の信頼を得ている。かれにここで指揮をとってもらいたい。のちには、われわれの望みを携え、代表として《ソル》におもむくべきだ」

一同はこれに同意をしめした。ただちに、数人の男が担架《たんか》をこしらえはじめる。

「それなら、わたしものこるわ」フランチェッテがきっぱりと告げた。「結局、あなたを支えるだれかが必要なのだから」

ジェルグにとり、この提案はよろこばしくない。はじめはためらったものの、少女の目を見つめると、若者はうなずくことで同意をしめした。

「〝はしり書き〟の葉を一枚、とってきてくれ」と、たのむ。「それをドクにわたすのだ。そうすれば、《ソル》の問題が解決したら、知らせることができる」

フランチェッテはしたがった。治療者は葉をうけとり、慎重にしまいこむ。まもなく、人々が立ちさった。《ソル》の帰還というニュースをほかの仲間に知らせるためだ。

ジェルグとフランチェッテに、男ふたりと女ひとりだけが、森のはずれにのこった。

夕闇がキルクールの空にひろがっていく。二時間後には暗くなるだろう。

屋外の宇宙船にもロボット基地にも、動きはない。

ベッチデ人たちは食事をとった。その視線は何度も、向こうにそびえる巨大船に注がれた。かれらの夢を満たすべき船だ。

「待つしか、ほかになにもできないわね」フランチェッテが悲しそうに告げた。

「まさに、それが気にいらない」ジェルグは立ちあがり、両手を腰にあてた。「アトランは〝はしり書き〟の葉を一枚持っている。わたしはメッセージを送るつもりだ。これ以上、セント・ヴェインのような男が、船へのわれわれの帰還を阻止するのをただ見ているわけにはいかない」

「なにをするつもりなの、ジェルグ？」フランチェッテがたずねた。

「暗くなったら、《ソル》に忍びこむ」と、若いベッチデ人。「アトランは〝はしり書き〟の葉を見て、こちらの計画をもう知っているにちがいないさ」

フランチェッテはなにもいわなかった。

9

通信装置を作動させるというアトランの試みは、クロード・セント・ヴェインによって阻止された。老ベッチデ人はいま、バルダ・ウォントとともに司令室にいる。

「外界とのあらゆる接触を禁じる」自称・公爵が声をとどろかせた。

「わたしがしようとしていることは」と、アトラン。「きみの意向でもあるはずだ、公爵。ロボット基地のクラン人に、クランへの援助要請を思いとどまらせなければ。そうなれば、われわれ全員の負けだからだ。クラン人はたしかにわれわれを大目に見ているが、とりわけ好意的というわけではない」

セント・ヴェインは一瞬考えてから、

「クラン人にもすべての通信を禁じてあるが」そういって、躊躇しながらつけくわえる。

「とはいえ、ひょっとしたら、われわれが出発するまで完全に沈黙を守るよう、もう一度注意をうながすことは実際、役にたつかもしれない」

アルコン人はロボット基地を呼びだした。ファールウェッダーの不機嫌そうな顔がス

クリーンにあらわれ、

「ダロブストがやっと解放されましたか？」と、たずねてくる。

「いや」と、アトラン。「ほかの件で連絡したのだ。クランドホルの新公爵はきみたちにあらゆる通信連絡を禁じたが、わたしはべつの理由から、同じことをたのみたい。きみたちの種族とわが種族との対立を防ぎたいのだ。対立が起きれば、犠牲となるのはベッチデ人だけだろう。この依頼は、われわれが出発したあとも有効だ」

ファールウェッダーは、ほかのクラン人ふたりと手みじかに相談し、告げた。

「クランには、ここでの出来ごとについてなにも報告しないつもりです。ダロブストをぶじにわれわれのもとに返してくれさえすれば」

アトランはこの反応を予想していた。《ソル》がセント・ヴェインに占拠されたのはクラン人の責任なのだ。スプーディ・フィールドを断念したいま、この失態までほんものの公爵たちに知らせるつもりはないだろう。

「もういい」セント・ヴェインがアトランのそばに歩みより、接続を切った。「忘れるな。フェンター・ウィルキンズが通信センターですべてを監視している。おまえたちがふたたび送信機のスイッチをいれたなら、最初の爆弾が作動するだろう」

アトランはこれに甘んじた。コンソールの上にあるいくつかの文書フォリオにまぎれこませておいた〝はしり書き〟の葉をこっそり一瞥する。

〈暗くなったら、船に潜入し、爆弾を見つけます。ただし、爆弾を無効化する方法がわかりません。ブレイスコル〉と、そこには書かれていた。

まもなく、メッセージはふたたび消えた。この若者が主導権をとるのを歓迎すべきなのか、アトランにはよくわからない。ジェルグ・ブレイスコルなる人物のことを知らないのだ。この狩人には、クラン技術による爆弾のような、危険でまったく未知の物体を正しくとりあつかうことはほとんど不可能だろう。

セント・ヴェインがしばらく前からそばを一歩もはなれようとしないので、ジェルグに警告するのもほとんど不可能だ。おそらく、フランチェッテにあたえた通信機を携行しているだろうが。

タンワルツェンが司令室にはいってくる。これでアトランの気がそれた。

「修理が終わったのか？」セント・ヴェインが疑り深くうなるようにいう。

「まだだ」ソラナーはアトランを一瞥してから告げ、はぐらかすように、「だが、作業は進んでいる」と、つけくわえる。

「思うに」アトランが口をはさむ。「まずテストをしたらどうだ。エンジンをフル作動させる必要はない」

タンワルツェンは一瞬、その場に立ちつくした。まるで考えこむかのように。実際、そうしていた。アトランはいったいなにがいいたいのか、ひたすら考えている。

「そうしてみましょう」やがて、慎重に応じた。「みずからテストしますか？」

アトランはうなずいたが、これがセント・ヴェインの気にいらなかったようだ。

「船内に巨大ポジトロニクスがあるではないか」と、怒りをあらわにいう。「必要な処置をそれにまかせたらどうだ？」

「きっと知っていると思うが、セネカは完全に機能するわけではないのだ」アトランは、一度覚悟を決めた計画に固執《こしつ》した。「自由に、自分でたしかめるがいい」

ベッチデ人はこれには触れずに、船載クロノメーターに目をやった。

「四時間後に船の出発準備がととのわなければ、最初の爆弾が作動する。そのさい、何人のソラナーが命を落とそうと、わたしの知ったことではない」

明白な脅迫だ。

「つまり」アトランがここぞとばかり、たずねる。「修理を早く完了させるためなら、テストに反対しないということか？」

セント・ヴェインはためらったものの、ついに同意した。

アトランは、司令スタンドのさまざまなスイッチを操作しはじめた。タンワルツェンはなにもいわずに観察している。アルコン人はなにをしようというのか。不具合があるというのは結局、事実ではない。ただ時間を稼ごうとしているだけだ。

実際、エンジンが動きだしたのは音でわかった。アトランは、すばやい手さばきで操作エレメントをあつかっていく。セント・ヴェインが明晰となったその頭脳で、すべてのスイッチ操作を本当に理解できるのか、たしかめようとしたのだ。

アルコン人は詳細な指示を出し、それをうけた技術者が実行にうつす。とはいえ、実際に実行されるわけではない。

ときおり、アトランはエンジンとはまったく関係のないいくつかのセンサーを操作した。セント・ヴェインはアルコン人を疑うように見つめていたが、なにもいわない。

「悪くはなさそうだ」アトランはうれしそうにいってみせた。「数時間後には不具合が解消するだろう」

そういいながら、いくつかの複雑な表示装置をさししめす。たったいま、点灯したばかりだ。実際、空転するエンジンの出力データをしめしている。

老ベッチデ人が表示装置を凝視しているすきに、アトランは広範囲の指向性外側アンテナを近くの森に向けて調整した。

次の陽動作戦で、送信機を最小出力にしてアンテナに接続し、司令室の会話をひろえるようにマイクロフォンを作動させる。

その後まもなく、おもてむきのテストを打ちきった。

「すべて異常なし」そう告げると、タンワルツェンに向きなおり、「あとは担当者にまかせる。そうすれば、まもなく修理が完了するだろう」と、告げた。

ハイ・シデリトはうなずいた。アトランのスイッチ操作を正確に目で追っていたのだ。司令室のほかの技術要員たちも、アルコン人がなにをしたのかきっとわかっただろう。それでも、タンワルツェンは実際にその目的を推測できたわけではなかった。これが狂ったセント・ヴェインへの対抗手段であるのはわかるが。

まもなく、アトランの狙いが明らかとなった。クラン人の武器と爆弾に関する話に、まんまとセント・ヴェインをのせたのだ。

「きみが本当に爆弾を作動させるつもりなら、クランドホルの公爵」アトランがうやうやしくいう。「わたしはその威力に関心がある。価値ある船に影響がのこるほど破壊してしまっては、きみの利益にはならないだろう」

「威力はかぎられたものだ」セント・ヴェインが認めた。「すべての爆弾が作動した場合のみ、船は操縦機能を失う」

アトランはただちに考えた。

「ならば、分子破壊エレメントを持つRL＝41タイプの爆弾というわけか？」

セント・ヴェインは眉間《みけん》にしわをよせ、黙りこんだ。

「ま、いい」アトランが手を振り、「おそらく、きみはこの名称を知らないのだな」

これがセント・ヴェインの癪《しゃく》にさわったようだ。狂気の影を宿すベッチデ人は、このわざとらしい挑発に敏感に反応し、

「もちろん、すべての名称を知っているとも、おろか者」と、悪態をつく。「結局、わたしは星間帝国を支配するために選ばれたのだから」

「それはそうかもしれないが」アトランがさらに刺激する。「ロボットが船にどの爆弾をひきずってきたのかは、知らないわけだ」

「それも知っているが、おまえにはまったく関係のないことだ」

「これでわかった」アトランが冷ややかに、「われらが新公爵は嘘をついている」

これには、とうとうセント・ヴェインもとりみだした。アトランに突進すると、脅すように武器を鼻先につきつける。

「そのような生意気な口をふたたびきいたら、殺すぞ」と、脅す。

「かまわん」ちょっとした心理ゲームがクライマックスを迎える。「なにもわかっていないような公爵に仕えたくはないからな」

セント・ヴェインは武器をおろし、

「知りたいなら教えてやろう。爆弾はRL＝41タイプのものだが、周辺二十五メートル以内に作用する反物質エレメントで構成されている。遠隔操作で起爆し、そのためのインパルス発信機はわたしとウエスト・オニールがひとつずつ持つ。これで、わたしが偉大な公爵だとわかったか？」

「わかった」アトランが譲歩してみせた。「そのタイプの爆弾について、わたしはほとんど知らないが、たしか、ちいさな赤い箱だ。青・黒・青のセンサーの組みあわせで起爆し、グリーン・黒・グリーンで無効化できるのだったな?」

セント・ヴェインは黙ったまま、アトランを見透かすように見つめた。

「そうだ、そのとおりだ」アルコン人は、まるでひとりごとをいうようにつぶやいた。「グリーン・黒・グリーンで無効化できる」

そういうと、突然、笑みを浮かべた。

「ひょっとしたら、きみの爆弾のひとつに出くわすかもしれない、公爵。そうしたら、わたしはすくなくとも、どうすれば無効化できるか知っているわけだ」

「ふん!」セント・ヴェインが軽蔑するようなしぐさで、「この巨大船では、たったひとつの爆弾を見つけるのにも数カ月を要するだろう」

「おそらく」アトランがあきらめたふりをよそおう。

セント・ヴェインがはなれると、アトランは〝はしり書き〟の葉が置かれたコンソールへ目だたないように移動した。葉にあらわれた文字を読んでも、顔色ひとつ変えない。

〈了解。グリーン・黒・グリーンですね。ブレイスコル〉

*

ジェルグは、とるにたりない会話だけが聞こえてくるようになると、小型通信機をしまいこんだ。すでに夜が訪れ、巨大な《ソル》が暗闇にぼんやりと浮かびあがる。

狩人は、ゆっくりと平原をわたって忍びよった。行く手を阻《はば》まれることなく、船に到達する。そこでは、わずかなポジションライトだけが輝き、がっしりしたテレスコープ脚の着陸皿が一メートルほど地面にくいこんでいた。入口は見あたらない。そこで、着陸脚のひとつをよじのぼることにした。

金属はなめらかで、滑りやすい。ジェルグはすでにテストずみのキャッチャーがついたザイルを手にとり、ひっかける場所を探した。どんどん高くザイルを振りあげながら、とうとう手がかりを見つける。

慎重にザイルを伝い、のぼっていく。そのさい、両足を太い金属柱にあて、からだを支えた。

シャフトに到達する。着陸脚はそこからのびていた。支柱をよじのぼり、暗い空間に出る。暗闇でも瞳孔《どうこう》を極端にひろげることで周囲を認識できる能力が、いま非常に役だっている。

ハッチを発見した。船内につづくにちがいない。開閉装置の操作にも成功。

ほの暗く照らされた大ホールに出た。多数のちいさな機体とほかの装置がならぶ。反対側のハッチは、半分開いていた。

こうして、ひろい通廊に到達する。フランチェッテから、船の内部についての情報をいくつか得ていた。とりわけ、反重力シャフトには気をつけなければならない。監視されていると感じない場所を探した。そこで目を閉じ、神経を集中する。周囲の多くの人々が認識可能なシグナルをはなっているが、ジェルグが探しているものではない。ロボット基地における経験から、生命を持たない物体は生物よりもずっと見つけにくいと知っていた。

船全体をおおいつくすような放射がある。これには非常に混乱をおぼえた。その放射源のひとつはごく近くに存在する。これを自分の目でたしかめてみることにした。慎重に通廊を進み、放射源と思われる場所に忍びよる。すぐそばまで接近したと確信したとき、ドアを押し開けた。

目の前の床に、眠るなにかが横たわる。まちがいなく人間だ。接近し、ごく近くでこれを観察した。

その皮膚は、まるでガラスの装甲のように見える。ベッチデ人数名のからだの一部にこれがあるのを思いだした。かれらはこれをバーロ痣と呼んだもの。すでに亡くなった母親が、《ソル》で生活していたという奇妙な宇宙生まれ、バーロ人の話をしてくれたことがあった。かれらの肌は、全体がひとつのバーロ痣におおわれているという。

つまり、ここにいるのは、実際に存在するバーロ人のひとりということ。これで、奇妙な放射源を特定できた。今後の調査ではこれを除外することができる。

眠るバーロ人のもとをはなれ、通廊に出た。

妨害となる影響を除外しつつ、危険な放射源にふたたび意識を集中する。最初のシグナルを感じた気がしたとき、先に進んだ。

＊

クロード・セント・ヴェインは、アトランに、タンワルツェンやほかのソラナーと意見交換をする機会をあたえなかった。どうやら、この長身の銀髪の男がどのような重要人物であるか、わかったようだ。

また、アトランにたえず司令室にとどまるよう命じた。アルコン人はしたがうしかなかった。すこしの危険も冒したくなかったから。それでも好機をとらえ、《ソル》への不法侵入者に対する警告を発する自動監視装置のスイッチを切ることに成功。セント・ヴェインはこれに気づかない。

こうして、時は刻一刻と過ぎていく。タンワルツェンが、修理に関してあるときはポジティヴな、あるときはネガティヴな報告を何度もくりかえし、時間を稼いだ。セント・ヴェインはそのたび、修理作業がまにあわなければ最初の爆弾に点火するという脅迫に徹する。

ジェルグ・ブレイスコルがまだこの会話を聞いているか、すでに《ソル》に接近したか、アトランにはまったくわからない。外はすでに一時間以上前に夜の帳がおりていた。

〝はしり書き〟の葉をときおり一瞥するが、なんの文字もあらわれないままだ。

クラン人だけがふたたび通信で呼びかけてきた。仲間のダロブストがもどってくるのがいつごろになるか知りたいという。セント・ヴェインがかわりに答えた。この老人は、通信装置もうまくあつかえるようだ。とはいえ、ジェルグに情報を伝えた船載送信機のスイッチがはいっていることには気づいていない。

セント・ヴェインがあたえた執行猶予のうち二時間が経過したとき、ようやくジェルグからふたたびメッセージがとどいた。

〈ひとつを無効化〉と、葉の上に文字が浮かび、まもなく消える。

アルコン人は、一見おだやかに司令室を行ったりきたりしていた。状況を鑑みて気がつく。ブレイスコルはダロブストとツィア・ブランドストレムが捕虜になっていることを知るよしもない。たとえ爆弾をすべて無効化することに成功したところで、セント・ヴェインはもうひとつ切り札を持っているわけだ。

まもなく、アトランはふたたび葉を一瞥した。

〈三つを無効化〉と、書かれている。葉を見つめたままでいると、四という数字があらわれた。

実際、かれは成功したのだ。アトランは驚き、船載クロノメーターを見た。十一分後、ジェルグはさらに爆弾四つを見つけ、無効化した。驚くべき、よろこぶべきことだ。

半時間後、十一という数字が葉にあらわれた。それを最後になにもあらわれなくなる。セント・ヴェインの話では、爆弾の数は十二個だったはずだが。

設定した猶予時間が過ぎる二十分前、正気を失ったセント・ヴェインはマントのポケットから通信装置をとりだし、ウエスト・オニールに手みじかに連絡をとった。キルクールス・ハンターは探知されるのを恐れて、セント・ヴェインの命令に応えない。

「二十分後、第一の爆弾を起爆する」老人は仲間にそう告げた。「それまでに出発準備がととのわなければの話だが。したがって、これにそなえるのだ。バルダとフェンターにはわたしから伝えよう」

フェンター・ウィルキンズは、隣りにいた。セント・ヴェインはかれに、バルダ・ウォントに知らせるよう命じる。

ウィルキンズが司令室を出る前に、出入口のハッチがスライドして開いた。

アトランは筋肉を緊張させ、タンワルツェンを一瞥する。出入口にはバルダ・ウォントが、恐怖に青ざめた顔で立っていた。背中を押され、前方によろめく。

その背後から、若い男があらわれた。アトランにはすぐにこれがジェルグ・ブレイスコルだとわかる。祖先のブジョとあまりにそっくりで、衝撃的だ。もっとも、ブジョの皮膚に見られた毛の束はジェルグにはない。

「爆弾はすべて無効化しました！」狩人が叫んだ。

この瞬間、アトランは反応した。セント・ヴェインがウエスト・オニールに指示し、捕虜ふたりに危害がくわえられる恐れが依然としてあるのだ。

アルコン人は老ベッチデ人に助走なしで跳びかかり、その腕をひっぱりあげた。膝蹴りが顎にあたり、セント・ヴェインはひっくりかえる。

タンワルツェンもまた、状況を正しく判断したようだ。フェンター・ウィルキンズにつかみかかると、殴って気を失わせる。

「捕虜を解放しろ」と、アトラン。セント・ヴェインから武器を奪うと、そのからだをひきあげ、「ゲームは終わりだ、公爵。仲間のオニールはどこにかくれている？」

老ベッチデ人はいささかぼうっとしていた。それでも、なにが起きたかを理解する。

「わたしから得られる情報はただひとつ」セント・ヴェインが辛辣《しんらつ》にいう。「一定の間隔でわたしの生存確認ができなければ、オニールは捕虜を殺すだろう」

「どのくらいの間隔だ？」

「わたしをただちに解放しなければ、おまえがそれを知ることはけっしてない」セント・ヴェインは、あざけるように笑った。

「タンワルツェン」アルコン人が迫る。「この男からただちにすべてのスプーディを除去しなければ。ひょっとしたら、それで正常にもどるかもしれない」

司令室からベッチデ人三人が連れだされるあいだ、ハイ・シデリトはもよりの医療センターに連絡をとった。手術の準備をさせるためだ。

ジェルグ・ブレイスコルはなにもいわずに立ったまま、せわしい動きを見守っていた。しばらくして余裕ができると、アトランは若者に近づき、

「礼の言葉はまたあとで」と、声をかけた。「まだ解決すべき問題がある。オニールがソラナーとクラン人をひとりずつ人質にとったのだ。悲劇が起きる前に、すみやかに見つけなければ」

「オニール？」ジェルグはくりかえすと、内なる声に耳をかたむけた。「キルクールス・ハンターですね？　残忍な人間です。どこかその上のあたりにいるようです」

そう告げ、上をさししめす。この瞬間、出入口からあえぐような声が聞こえた。フォスター・セント・フェリックスが立っていた。

「SZ＝1の第五十四デッキBです。そこで男を目撃しました」

バーロ人はそう告げ、三、四歩、室内に足を踏みいれる。突然、その視線が変化した。はるか遠くのあらぬかたをじっと見つめるかのようだ。

「だいたい、わたしはここになにをしにきたのか？」と、つかえながらいう。

「バーロ人の面倒をたのむ！」アトランは叫んで、パラライザーを手にとると、もよりの転送機に駆けつける。「オニールとやらを連れてくる」

転送フィールドが輝いたとき、アトランはようやく気づいた。ジェルグ・ブレイスコルが隣りに立っている。狩人は、音もたてずにすばやくあとについてきたのだ。

「キルクールス・ハンターにちょっとした借りを返さなければならないので」

数分後、ふたりはバーロ人が告げたデッキに到達した。

「そこにいます」ジェルグはそう告げると、倉庫をさししめした。「オニールの存在をはっきり感じます」

「反対側に入口がある」と、アトラン。「わたしがその入口をひきうける。敵の気をそらしてくれ。この武器がやつを麻痺させるだろう」

ブレイスコルはうなずいた。

アトランは三つの通廊を横切り、反対側にはしっていく。そこに到達すると、慎重に入口を開け、スイッチの切られたマシンのあいだを進む。

一グライダーの角を曲がると、目の前にジェルグ・ブレイスコルが立っていた。ウエスト・オニールが床に横たわり、そのそばに、拘束されたままの女クラン人とツィア・ブランドストレムの姿がある。

「不意打ちできました」狩人があっさりという。「これで《ソル》の問題は解決するかもしれませんね」

「もう解決している」アトランが安堵の息をついた。

「本当ですか？　ちゃんと確認しなければ」

アトランは立ちどまり、告げた。

「セント・ヴェインによる危険は去った。もちろん、いまだになにかしらの問題はある。だがそれらは、またべつの性質のもの」

「知りたいです」ジェルグは女ふたりの手枷《てかせ》を切断した。同時に〝はしり書き〟の葉に向けて思考インパルスを送る。いまごろ、ドク・ミングが避難所で手にしているはずだ。

＊

一時間後、アトラン、タンワルツェン、それにツィア・ブランドストレムとカルス・ツェダーをふくむ数名が、ジェルグ・ブレイスコルとともに、中央本体の司令室近くのキャビンに集まった。

アルコン人とベッチデ人の若者には、話すべきことがたくさんある。

女クラン人のダロブストは、すでにロボット基地に送られた。アトランは、この事件についてクランになにも知らせないよう、ファールウェッダーにもう一度念を押した。とりわけ、ベッチデ人たちに圧力がかかることのないように。

男女が会話をつづけ、ジェルグ・ブレイスコルが出された奇妙な食事と飲料に顔をゆがめているうちに、医療センターから連絡がはいった。

クロード・セント・ヴェインはスプーディ四匹をすべて除去され、ふたたび完全に正常にもどったようだ。自分のおこないを悔いている、と、アトランとタンワルツェンは報告をうけた。

「かれがどうなったのか、たしかめてみよう」と、アトラン。「いずれにせよ、セント・ヴェインにはもうスプーディをあたえてはならない。共生体にネガティヴな反応を見せる、特殊なタイプに属するのだから」

ベッチデ人のもと船長の協力者からは、それぞれスプーディ一匹だけがとりのぞかれた。三人の誤った行動にはべつの理由があったから。セント・ヴェインが、過度に明晰となった頭脳とそれにより生じた能力をもって、三名を説得したせいだ。

ジェルグがアトランに何度か〝大執政官〟と呼びかけたさい、アルコン人は笑みを浮かべながら、この誤解を解いた。ベッチデ人の言語においていくつかの変化が生じたせいだが、深刻な問題ではない。

アトランはとりわけ、ジェルグの能力に興味をいだいた。本人はいたってふつうの能力だと思っているようだが。〝はしり書き〟の葉に思考を言葉としてあらわすことができるのも、自身の能力のせいではないと、頑として譲らない。

「思うに、きみはもう仲間のもとにもどりたいのではないか」アトランはジェルグにこう告げ、話をしめくくった。「ベッチデ人が惑星に根づいた種族と化したことは明らかだ。だれも、慣れ親しんだ環境からきみや仲間たちをひきはなそうとは思わない。きみたちは自然と密着している。これからもそのままでいてかまわない。《ソル》は旅をつづける。ゴールは銀河系、人類の故郷だ。きみたちもまた、そこから生まれたのだが。きっといつの日か、ほかの人類がきみたちを訪れるだろう。クラン人のことはなにも恐れる必要はない。宇宙勢力の対立において、かれらはわれわれの味方だ。クランドホルの新賢人はいつか、キルクールにおける事件を知るだろう。クランにはサーフォ・マラガンのほか、ブレザー・ファドンとスカウティもいる。あの三人は元気だと、仲間に伝えてくれ。いつの日か、キルクールにもどってくるだろう」

「あなたは偉大な人ですから」ジェルグ・ブレイスコルは笑みを浮かべてアルコン人を見つめ、いった。「きっと、わたしのたのみを拒否しないでしょう」

「もちろんだ」と、アトラン。「わたしが叶えられるたのみなら」

「叶えられますとも。みなさん、わたしについて司令室にきてください」

タンワルツェンがたずねるようにアトランを見た。しかし、アルコン人はわからないというしぐさをしただけ。ジェルグがすぐにキャビンを出ると、一行はつづいた。

司令室に到着すると、若者は外側観察スクリーンのスイッチをいれるよう、たのんだ。

「真夜中で、外は真っ暗だ」タンワルツェンが考慮をうながすようにいう。

「わかっています」ジェルグ・ブレイスコルにとまどうようすは見られない。「きっと、あなたがたは周囲を照らすことができるでしょうから」

ハイ・シデリトは、必要なスイッチをみずから操作した。

「そこです！　見てください！」ジェルグが手をのばし、主スクリーンをさししめす。

「あれがベッチデ人の答えです、アトラン。あなたがいうところの、惑星に根づいた原始種族です」

ベッチデ人全員が、《ソル》を大きくかこむようにならんでいた。投光器が作動すると、大きな歓声があがり、その声が司令室に押しよせる。数百の手が上に向かってのばされた。まるで、二度と出発させまいと船をつかもうとするかのように。

担架の上にドク・ミング、そのそばにフランチェッテの姿もある。

「アトラン、タンワルツェン。あなたがたとわれわれには、たったひとつの可能性しかのこされていません。もう一度、わが種族を故郷にもどしてください。故郷とは、ほかならぬ《ソル》のこと。これは、われわれのもっとも切実な願いです。それは、キルクールにおけるどの時代でも、変わることはありませんでした。そこに立つベッチデ人は全員、そう考えています。われわれ、あらたな生活に起きるであろう変化にもひるみません。クラン人と賢人にはあなたが説明してください。キルクールはわれわれを必要としませんが、われわれには《ソル》が必要なのです。これが、わたしからあなたがたへの唯一のたのみです」

アトランはしばらく無言のまま、立ちつくしていた。認めねばならない。どうやら、ベッチデ人を誤解していたようだ。

タンワルツェンの目に感激したようすが浮かんでいる。どうやら、見かけは原始的なこの種族が気にいったようだ。

アルコン人はジェルグ・ブレイスコルの肩に手をかけ、司令スタンドに連れていった。外側スピーカーすべてのスイッチをいれると、マイクロフォン・リングをひきよせる。

アトランの温かい声が、夜の平原に響きわたった。

「《ソル》にようこそ、ベッチデ人よ」

あとがきにかえて

林　啓子

一年半ほど前のこと。『音楽家のためのトータル・トレーニング』なるものを初めて受講した。講師は、名古屋在住のフルート奏者。ドイツの音楽大学で音楽教員国家資格を取得後、メンタル・トレーニングをもと水泳オリンピック選手のもとで学ばれたそうだ。

メンタル・トレーニングは、もともと宇宙飛行士の自己コントロール訓練のために旧ソ連で生まれたもの。かつてオリンピックが開催されるたび旧ソ連がメダル・ラッシュに沸いたのは、これを世界に先んじて競技スポーツ分野にとりいれた成果らしい。

最近では音楽家にも注目されはじめ、精神面のサポートとともに音楽的レベルを向上させていくレッスンが人気を呼んでいる。これをさらに発展させたものが『トータル・トレーニング』で、精神面、身体面、技術面を総合的に考えたもの。

ここまでは四八九巻の「あとがきにかえて」においても簡単にふれさせていただいたが、今回はトレーニングの途中経過をご報告したいと思う。

暗示に非常にかかりやすい単純なわたし（人に騙されやすいともいう）には、たちまち効果があらわれはじめた。以前は、ここぞという大ステージで暗譜落ち（演奏中に次の音がわからなくなること）して、客席全体を一瞬で凍りつかせる……といった雪の女王エルザのような大技を披露することもたびたびあったが、最近はその手の演奏中の大事故を起こすこともなくなった。ひっかけたり、転びそうになったりということは、もちろんいまでも頻繁にやらかすが、不思議とかすり傷程度で済んでいる気がする。

これが、トータル・トレーニングの成果であるのはもちろんだが、なによりも、定期的にレッスンを受けているふたりの先生の精神的サポートのおかげだと思う。


ひとりは生まれながらのピアニストで、ショパンそっくりの若いA先生だ。ふだんは天才キッズやピアノの先生を教えているせいか、以前はメンタル・ケアなどまったくなさらない先生だった。たとえ、コンクール前日のレッスンであろうと一切容赦なく、撃沈させられたものだ。それも東京湾どころではなく、マリアナ海溝あたりまで深く……

一年半ほど前、この先生がアドヴァイザーとして講評を書いてくださるサロン演奏会に参加する機会に恵まれた。なにしろ、レッスン以外で演奏を聴いていただくのは初めてのこと。緊張のあまり、わたしは三曲目の途中で暗譜落ちし、一フレーズ前から弾きなおそうと試みたものの、同じ個所でつまずき、まるまる一頁を飛ばして着地するという荒技をやってのけた。これには先生もひどく驚き、わたしのような一般人にはメンタル・ケアが必要なことにあらためて気づいたようだ。

それからレッスンが変わった。中身は従来どおり、要求度の高い厳しいものだが、これにメンタル・ケアがくわわったのだ。大事な本番前には、やたらと褒めてくれるようになった。「ぼくは滅多に褒めませんが、○○がすばらしい」といったぐあいに、自信を持たせようと気づかってくださる。

およそ一年後、大ホールでの演奏をふたたび先生に聴いていただく機会が訪れた。会場ではお話しできなかったが、その晩遅くにメールが届く。

「音の消え入る行方にまで神経を研ぎ澄まし、静寂で語ることのできる音楽家になられているのが、何よりも嬉しいことです」

「先生のほうこそ、生徒のメンタルにまで気を配ることのできる立派な指導者になられて、わたしも嬉しいかぎりです」と、返信しようかと思ったが、次のレッスンでの報復が怖かったので、さすがにやめておいた。

もうひとりのY先生は五十代くらいか。あるコンクールの審査員として出会い、一年前から教えていただいている。ベテラン指導者としてはもちろんのこと、すばらしい人格者で、人生の先輩としてとても尊敬できる女性だ。

こちらの先生は、一緒に考えてくださるタイプ。なぜこのフレーズが苦手なのか、なぜ本番でここがうまく弾けないのか、その原因をつきとめ、不安な個所をひとつずつ得意なフレーズに変えていく。まるで魔法のようなレッスンだ。先生からいただいたレースのハンカチはお守りとして、大事な本番のステージではつねに肌身はなさず携帯している。

去年の夏。ふたつのコンクールの本選で「あなたは、ここまで来ておいて、いったい何が不安なのですか?」「途中で不安になるのはなぜですか?」(技術的に不安な個所があるからに決まっている……と、内心思ったりもする)という、厳しいコメントをいただいた。どんなにとり繕おうとしても、不安は音に出てしまうものなのだ。

今年も同じステージが間近に迫っている。結果はもうどうでもいい。「これがわたしの音楽です」と、自信を持っていえるような演奏をしたいと思う。

訳者略歴　獨協大学外国語学部ドイツ語学科卒，外資系メーカー勤務，通訳・翻訳家　訳書『孤高の種族』マール（早川書房刊），『えほんはしずかによむもの』ゲンメル他多数

HM=Hayakawa Mystery
SF=Science Fiction
JA=Japanese Author
NV=Novel
NF=Nonfiction
FT=Fantasy

宇宙英雄ローダン・シリーズ〈526〉

黒《くろ》い炎《ほのお》の幻影《げんえい》

〈SF2083〉

二〇一六年八月十日　印刷
二〇一六年八月十五日　発行

著者　エルンスト・ヴルチェク　ペーター・グリーゼ
訳者　林《はやし》啓《けい》子《こ》
発行者　早川浩
発行所　株式会社　早川書房

（定価はカバーに表示してあります）

郵便番号　一〇一 - 〇〇四六
東京都千代田区神田多町二ノ二
電話　〇三 - 三二五二 - 三一一一（大代表）
振替　〇〇一六〇 - 三 - 四七七九九
http://www.hayakawa-online.co.jp

乱丁・落丁本は小社制作部宛お送り下さい。
送料小社負担にてお取りかえいたします。

印刷・信毎書籍印刷株式会社　製本・株式会社川島製本所
Printed and bound in Japan
ISBN978-4-15-012083-2 C0197